川柳は語る激動の戦後

佐藤美文

Sato Yoshifumi

川柳は語る激動の戦後 ■ 目次

川柳は語る激動の戦後

はじめに

戦後について考えるとき、どうしても思い出す人物がいる。美空ひばりと田中角栄である。美空ひばりは昭和十二年五月二十九日に生まれた。その三日後の六月一日に私も、新潟の山の中で生まれたのである。

昭和二十四年に美空ひばりはレコードデビューして、二枚目の『悲しき口笛』がヒットした。それから平成元年まで、五十二年の長いとは言えない生涯を、文字通り戦後を突っ走ったのである。デビューから死の前日まで、スターの顔を持ったままである。いや、亡くなってからも、女性初の国民栄誉賞を受賞したり『美空ひばり大全集』を出すなどしている。彼女がこの世を去って二十年が過ぎたが、今でも亡くなった六月が近づくと、テレビでは美空ひばりの特別番組が視聴率を稼いでいる。

美空ひばりの歌は子どもの頃から親しんできた。そのせいか、彼女の唄う歌には常に人生を感じる。聞く人を励ますような暖かさがある。彼女が歌う歌には歌謡曲特有の、例えば恋を歌っても、人間臭いどろどろした感じを与えない。それは国民歌手としての宿命であったかもしれない。美空ひばりは戦後の庶民史を生きてきたと言っていいだろう。

もう一人の田中角栄は私の郷里の新潟県の出身で、しかも選挙区は現在の区分けと違う、中選挙区時代の新潟三区。当時の新潟三区は長岡市を中心に群馬県境までの、魚沼地区を地盤にしていた。私の郷里石打もここにある。昭和二十二年に初当選して以来、田中角栄の名前は子どもの頃から親しんできた。戦後の復興から高度経済成長を上り詰め、バブルがはじける前に消えた、文字通り戦後を代表する政治家である。川柳作家の田口麦彦さんの句に、

新潟三区よいではないか紙の雪

がある。新潟三区は豪雪地帯でも知られているところで、紙吹雪の風刺が利いている。その類い稀な政治感覚と実行力という、政治家としての資質を持ち合わせていながら、お金まみれのイメージを払拭できないまま、バブル崩壊後間もなくこの世をおさらばした。角栄は常に川柳子に好餌を与え、時事川柳のヒーローのまま、この世を去ったのである。

この二人は私にとっての戦後史である。歩いた場所は違っても時代に寄り添ってきた二人に、善意や悪意とは関係なく親しみを覚える。そして六十年を過ぎた今でも、この戦後的二人のアナログ感覚は、説得力を失っていない。

中村草田男の「降る雪や明治は遠くなりにけり」が昭和十一年に出た句集『長子』にある。明治が終わって二十五年くらいを経ていることになる。時代と共にスピード化が進んだけれど、明治は昭和二十年に戦争が終わり、新憲法が現われるまで続いていたと言っていい。この頃からはじめて、明治に距離が出てきたのである。マッカーサーの置土産である民主主義の浸透が、明治から距離を作り出したのである。

戦後六十年を経て、平成二十一年である。戦争の証人も少なくなってきた。戦後という時代区分も歴史

の中に、埋没する日もそう遠くないような気がする。今のうちに戦後の川柳を整理した、モニュメント作りに着手しなければならないと考えた。これから「川柳は語る激動の戦後」という命題で、川柳作品を中心にした戦後を記してみたい。六十年以上を経過した時間を、どの程度に圧縮できるか分からないが筆をすすめてみたい。

一口に戦後と言っても、すでに六十年以上経っている。半世紀を優に超え、この間にはいろいろなことがあったが、四つの時代に分けてみた。

戦後の復興時代　（焼け跡闇市〜昭和三十九年の東京オリンピックまで）
高度経済成長期　（昭和四十年〜四十八年の第一次オイルショックまで）
高度経済安定期　（オイルショック〜昭和六十三年のバブル崩壊まで）
バブル崩壊以後　（バブル崩壊〜不況の中のバブル処理まで）

経済主導の分け方が気になるが、文化も福祉も、社会現象も経済に振り回されてきた戦後という印象が、日本の戦後に対しての私の実感である。これも戦後の側面として捉えれば、バブルがはじけたいま、経済にとって変わるものが何かと考える。今回は三期の「高度経済安定期」までを振り返ってみたい。

物質的には豊かになった現在、本当の豊かさについて考えてみなければならない。いま、福祉と同時に文化に対する見直しも必要である。文化を中心にした動きが、さまざまな分野をリードしていって、それぞれの役割を担うという推論に辿り着く。そのとき、川柳が重要なポジションを得ていることを期待する。

戦争が終るまで

昭和十二年七月、中国北京郊外の蘆溝橋で日中両軍が衝突、日本と中国が戦火を交える端緒となる。日中戦争はその後泥沼化を呈し、太平洋戦争へと突っ走っていくのである。時代は戦争一色の様相を呈しはじめて、国民挙って戦勝への心を一つにしていく。

赤ちゃんの名前にも流行があり、時代を反映している。その頃、如何に国民の関心が戦争の勝利へ傾いていたかは、その年に生まれた子どもの名前にも現われている。

私は先に述べたように昭和十二年の生まれである。私の中学時代の同級生の名前を紹介してみよう。勝利、勝一、義勝、利勝、勝善、虎勝、治勝、勝巳、勝枝、勝子。そして進、進太郎と勇ましい名前が並ぶ。我が軟弱な本名が恥ずかしくなってくる。

川柳作品にも時代が現われている。川上三太郎の『川柳二〇〇〇年』からそうした句を拾ってみる。この本は昭和四十一年に出たものだから、戦時とは違った評価と見方がされてもやむを得ないものである。以下は戦中中国にいた人たちの作品である。三太郎も「あくまでも戦時の句であることを胸に置いて鑑賞してほしい。かならず現代とは違った人間の日本人の姿を知ることができるであろう。」と、句を紹介している。文章の最後の部分に、三太郎の思い入れが感じられる。

市街戦どこかで甕の割れる音　細川　聖夜

甕の割れる音にリアリティがあり、戦争現場の緊張感が伝わってくる。

砲声の途切れいみじき虫の声　山崎　涼史
扇子には日の丸がある兵の汗　浜島　中呂

銃後では、

常会の紅一点はお茶をつぎ　大　三
隣組話せばわかる人ばかり　秀　萌
母の百点足袋一足を買っただけ　流行児
配給のもので作ったお裾分け　香　風
代用品感心をして一つ買ひ　茶良子

常会とは通常国会のことではない。町内会で開かれる会議である。また百点とは当時点数制度があって、買物はその範囲でしか出来なかった。それほど物資が不足していたのである。当時食糧や生活物資が不足したのは、あらゆる生産の中で、戦争へのものが最優先していたからである。それだけ戦争も逼迫していたという事情もある。

だが、そうした時代に抵抗していく人たちもいた。

エノケンの笑ひにつづく暗い明日　　鶴　彬

昭和十二年に発表されたこの句は、その後の日本の行方を言い当てている。鶴彬はこの年十一月に『川柳人』二八一号に発表した一連の反戦句が、官憲の眼にとまるところとなり、中野署に拘留され、翌年の九月拘束の身のまま赤痢に罹り二十九年の生涯をとじる。

鶴彬に代表される抵抗詩人たちの考えや行動は今でこそ評価されているが、当時は多くの人の批判の眼に晒されていたのである。殊に官憲からは常に見張られ、その考えや行動についても監視の眼が離れず、ことあれば拘束する機会を窺っていたのである。

手と足をもいだ丸太にしてかへし　　鶴　彬
手のない勇士で当座の花形をつとめる　　中島　国男
弁当の無い児も君が代を歌ってゐる　　高木夢二郎

時代は戦争一色となり政治、経済、生活、文化に至るまで、戦争遂行へと仕組まれた道を歩かされる。政治は、二・二六事件以後、軍部の介入が露骨になり、昭和十六年十二月八日に真珠湾攻撃となる。そして太平洋戦争へと広がっていくのである。緒戦こそ奇襲が功を奏して勢いがあったが、大国を相手の長期戦はだんだん大国が実力を見せる。日本軍がラジオや新聞で自国の犠牲は報じないまま、敗色の色を濃くしていく。そして国民は耐えることのみを強いられるが、現実を知らされないまま、敗色を膚で感じていく。物不足、食糧不足は眼に見えてくる。昭和十七年四月十七日には、東京がはじめて空からの攻撃を受ける。この時の模様をある日記は記している。初めてということと、この人の住まいが千葉であることから、まだまだ余裕を見せていて面白い。

「四月十八日(土)　午後〇時三十分、帝都初空襲を受く。敵機は案外少なく、損害も軽微なり。空襲騒ぎに愛用の『暁』を求めるヒマなく帰宅したるに、幕張には煙草殆どなく、十九日は壊れたる煙管を修理して刻み煙草を吸いしも、間もなく煙管はこわれて如何ともし難し。ようやく『きんし』を求めたるも瞬く間に空となり、前の家よりの援軍を得て少々安心す。(四・二〇夜)」(青木正美編『太平洋戦争　銃後の絵日記』より)

この頃はまだ余裕があった。昭和十九年の年末に、同じ日記は心身の疲れを書いている。

11月29日(水) ニコチンがきれたのか、すっかり思考力を失はせ、休んで髪床へ行く。午後はゴロゴロとねてしまふ。寝たと思ったら、いきなり空襲、防空壕の中で全く命のちゞむ思ひ。

12月1日(金) 一ト月の月日はまるで夢の如くアワタダしく過ぎて、十二月を迎へるに至った。空襲により、誠に前線も銃後もなくなった。

12月4日(月) ただ疲れる一方で、之を恢復する何物もない。睡眠が唯一の楽しみ。

空襲が激しくなるにつれて、人々はやりきれない気持ちの中で疲れを溜めていく。すでに前線も銃後もない危険の中に晒されていたのである。一方で、空襲や食糧不足、そして言論統制の下でも川柳子たちは現実を見る眼を持っていた。

レストラン変な名前の飯が出来　半花

(戦勝定食、興亜丼など味も変だったようだ)

麦まぜて米の値段で買わされる　満山

スクリーンの捕虜は笑顔でパンを食べ　哲水

(捕虜を虐待していないという宣伝映像である)

空腹で歩く心斎橋寒し　春巣

配給所で鮪裂いてるのは見たが　鋭々

（ひそかに町内の有力者だけに配っていた例は何処の町でもあった）

母ちゃんの分は母ちゃん食べなさい　澄風
節電の心斎橋でけつまづき　吐夢
人小さし護国神社へみち広く　青堂
水筒は空っぽだろう兵続く　大三
白衣なお千人針を疑わず　鉄弥
憲兵に親子の情をどなられる　春渉
銃は濡らすなかれ冷雨は背を伝う　草舎

戦局の苦戦はそのまま銃後の生活を追い詰めていき、空襲は日毎に苛烈を極めてくる。そして東京を始め多くの大都市は戦火に焼き払われていく。

明治維新以来負け知らずを続けて、いざとなれば神風が吹くということを本気で信じていた訳ではないにしても、相次ぐ空襲の疲弊の中で、心の隅にそんな期待感があっただろうことは予想できる。昭和二十年に入ってからの米軍の攻撃は更に烈しくなってくる。そして東京を一夜にして焼け野原にしてしまう。

浅草で浅草を聞く焼け野原　幸一
財産はみんなが無事な焼野原　鈴波

東京はまったくの焼け野原になった。そしてそれから五カ月後に、あの忌まわしい原爆で広島と長崎が死の海と化してしまう。八月六日には広島と九日には長崎と、世界で初めての原爆が投下される。それから一週間後に天皇の玉音放送となる。戦争が一週間早く終わっていれば、という悔やみが残される。

原爆の惨さはさまざまな記録に残されている。写真や録音、あるいは映像などが歴史の証として記録されているし、文学作品にもなっている。川柳がこのヒロシマ・長崎の原爆についてどんなふうに詠んでいるか紹介してみたい。

黒焦げの母の下なる死児無傷　青木　微酔
亡き人に手向ける花も無い砂漠　秋山　清紫
水を飲む姿勢のままで死んで行き　石井　正男
恥部かくすただれた両手悲し過ぎ　佐々木五六
広島が一つに燃えたきのこ雲　定本　広文
息絶えた時計も八時十五分　竹永あきら
八月の六日父の日母の日よ　大山　露斗
原爆の威力へ地球小さすぎ　伊木　鶯生

川柳という短詩文芸は、市民層が支えてきた。一般市民の心を伝えてきた他の国にはない稀有な存在である。表現することで悲しみを伝え、戦争の無意味を叫ぶのは短詩の役割の一つである。ここに収められた作品は現場に立っていたことでインパクトがある。また、唯一の証言としての説得力にもなっている。日本がポツダム宣言の受諾を決定するのが八月九日と十四日の御前会議で、十五日の玉音放送となる。そしてマッカーサーが厚木飛行場に到着するのが、八月三十日である。それからの日本は、マッカーサーとマッカーサーを頂点とするＧＨＱ（駐留軍総司令部）の施策が実行され、その施策に支えられていくのである。

極刑もなく八月を通過せり　　田口　麦彦

戦後、戦争責任について問われる場面があったが、多くの人は自分は被害者であるとして責任を逃れている。それはやむを得ない部分があっても、戦争に協力した事実は変わらない。時代のせいにすることも出来た。政治家や軍部の責任にすることも出来た。それは部分的には正しいことかもしれない。が、問題の本質を見ていない。自分の行ないが他の人たちにどれほどの影響を与えてきたかということだ。意に添わない行動をとるときに彼もやっているのだからという言い訳が出来たし、そのことで心の葛藤を隅に追い遣ることが出来た。また多数につくことで不安な時代への心の拠所にもなったのである。その人の行動が、他の人の心の行方を決めていたことにもなっていたのである。

第一章　戦後の復興時代

――焼け跡闇市から東京オリンピックまで

昭和二十年（一九四五）

終戦の詔勅。マッカーサー厚木到着。天皇のマッカーサー訪問。幣原内閣成立。財閥解体。第一次農地改革。婦人参政権確立。

日本の実質的な戦後は、八月三十日の厚木飛行場にマッカーサー元帥の到着から始まる。マッカーサーが日本に来てまず最初に手を着けたのが、戦争犯罪者の釈放である。そして次々と改革を実行していくが、国民は物不足の中で相変わらず、耐乏生活を強いられていた。その中で戦時と戦後の価値観の逆転はさまざまな形のトラブルとなって現われていた。

くっぴんはマッカーサーの名で呼ばれ　良輔

くっぴんというのは、おいちょかぶで親が九と一の二枚の札を組み合わせた時、子から賭け得点の二倍を払わせることが出来る特殊役で、マッカーサーの実力を皮肉ったものである。こんな句でもおとがめなしの現実は、紛れもなく戦争が終わり、自由にモノが言える時代が来たことを実感させる。

マッカーサーは、日本の占領政策を順調に進める方法として、天皇制を象徴という形にせよ温存させた。そのことは、その後のマッカーサーの施策を浸透させていく上では成功したが、戦争責任も曖昧な部分を残す結果を導くことになる。貧しさから抜け出すための戦は、高度経済成長の中にあっても、公害など幾つかのものを犠牲にした。それは貧しさから抜け出すための、大義名分になっていた。経済成長を最優先させ、それを貫くための犠牲を大きくしていった。

そんな中で国民は生きていくのが精一杯だった。しかし、庶民は戦時中に結成された隣組など、近隣の協力体制が生きていて、苦しい生活の中でもお互いに力づけあいながら、生活を支えていた。

配給のもので作ったお裾分け　香風

子を抱いた回覧板は話し込み　鈴波

ということになる。配給というのは太平洋戦争が激しくなるにつれ、生活物資が極端に調達困難になってきて自然に統制経済に移行し、不足しがちな物資の自由な流通を統制し、特定な機関を通じて一定量ずつ消費者に売り渡す制度で、戦時・戦後の物不足の時代の制度として、国民生活を支えてきたのである。一方で、配給だけでは生活を支えるには十分ではなかったので、国民の多くは不足分を闇市で調達するしかなく、特に戦後の大都会には何処にも闇市が存在していたし、それがなければ国民は生き延びることが出来なかったのである。

隣組は、これも第二次世界大戦中に制度化された国民統制のための地域組織で、五〜十軒を一単位として、町内会の下に設けられ、配給、供出、動員など行政機関の末端組織としての役割を果たしてきた。現在の町会などの班と似た存在であった。回覧板は隣組の連絡手段として、これも戦時中に定着していった。隣組の組織は、町内の自治会の班構成として今でも残っているし、回覧板も各班の連絡用として用いられている。コミュニケーションの手段としても大きな力を発揮している。

戦争が終わってから間も無く、川柳界もそろそろ動き始めてくる。終戦直後の混乱を詠んだ句は、余り見つけることが出来なかったが、次の二句は終戦の印象を詠んだ句として知られている。

国敗れやはり十文の足袋を穿く　大山　竹二

日本はとうとう神風の吹くこともなく、敗戦の悲しみを背負うことになる。悲しくても辛くても生活を続けていかなければならない。十文の足袋を穿くということは、食うための努力をしていかなければならないということである。十文は今の大きさで言えば、二十五センチの足袋や靴の寸法である。現在の若い人は体が大きくなっているので、ちょっと小さいように感じられるかもしれないが、当時としては平均的な足の大きさではないだろうか。敗戦の悲しみをこらえ、黙々と生活を支えるための姿が見えてくる。

わたしにはわたしの八月十五日　田口　麦彦

この句は後年作ったものだろうと思うが、戦後を生きたたくさんの人がそれぞれの八月十五日を胸に抱いて、生き抜いてきた。それぞれの人が、終戦を迎えてのそれぞれの感慨を抱いているのである。戦争に協力した人もしなかった人も、それぞれの感慨で昭和二十年八月十五日を胸の奥に畳んでいるのである。

昭和二十年という年は八月十五日を中心に、その前と後では価値観が一八〇度変わったから、当然混乱が続く。その混乱は六十年経った今でも続いていると言っていいだろう。終戦直後の混乱はさまざまな事件を発生させ、政治も文化も行方の定まらぬ難破船のように、迷走を続けることになる。川柳界も新しい雑誌が出来たり、句会も復活されてくるが、意外とそうした混乱や事件にそっぽを向いていたようで、そうした句をあまり発見できなかった。

昭和二十一年(一九四六)

天皇の人間宣言。軍国主義者等の公職追放。新憲法発布。第二次農地改革。東京裁判開廷。第一次吉田内閣成立。財閥解体。当用漢字発表。

一月一日に天皇の神格否定の詔書が発表される。天皇の人間宣言である。人間宣言をした天皇は四月から全国巡幸を始めるが、それは天皇制を温存する手段でもあった。十一月三日には新憲法が発布になり、そこには象徴天皇が銘記されていた。しかもそれは「主権の存する日本国民の総意に基く」ものであった。「万世一系ノ天皇之ヲ統治ス」ることに比べれば、コペルニクス的転回ではあるけれども。

価値観の転換はその年の雑誌『新潮』五月号に発表された坂口安吾の『堕落論』に顕著である。

「文士は未亡人の恋愛を書くことを禁じられてゐた。戦争未亡人を挑発堕落させてはいけないといふ。(中略)戦争は終った。特攻隊の勇士はすでに闇屋となり、未亡人はすでに新たな面影によって胸膨らませてゐるではないか。人間は変りはしない。たゞ人間へ戻ってきたのだ。人間は堕落する。義士も聖女も堕落する。それを防ぐことはできないし、防ぐことによって人を救ふことはできない。人間は生き、人間は堕ちる。そのこと以外の中に人間を救ふ便利な近道はない」。

儒教的倫理観の延長線上にあったそれまでの価値観は、己を律することの犠牲の上にあった。そうした、それまでの道徳観や倫理観という呪縛から解き放たれた、人間性を取り戻したことの庶民の側の宣言でもあったのだ。確かに人間性を取り戻し、自由を得られたが、それは当分の間、絵に描いた餅でしかなかった。理想論ではお腹を満たすことが出来なかったし、空腹を堪えていては生きて行くことも難しかった。国民の殆どは食うための戦を続けていたのである。犯罪は食べることにまつわる事件が多く、かつぎ屋なる職業も現われ、その言葉が流行語のように使われていた。かつぎ屋は闇屋とも言われ、統制品ばかりではなく、あらゆる生活物資を調達した。農村から米や野菜を仕入れ、東京を始め大都市で売りさばくのだが、モノのない都会では飛ぶように売れたという。配給の米は一日二合三勺(三三〇グラム)と決められていたが、実際はその半分くらいがやっとで、それも芋やとうもろこしに大豆など、いわゆる代用食も含まれていた。そんな所へ闇屋の活躍する場が出来、必要は善悪を問うひまもなく、広がっていった。

米びつの底で政治が死んでいる　空想

闇屋とかかつぎ屋とか言われながらしかし、都会の生活はこれら闇屋・かつぎ屋によって支えられていたのである。殺人的満員列車で行き来し、時には警察の検問にあい、せっかく調達した物資も吐き出さなければならない危険に遭いながら、人々の生活を支え、自分の生活を支えていたのである。

リュックサックかつて勇士で発った駅　一実

私の郷里にある石打駅は小さな駅だったが、上越線はここから三国峠を登らなければならない。上りの汽車はこの駅で、蒸気機関車から電気機関車に切り換える。下りの汽車はやはりここで電気機関車から蒸気機関車に切り換わる。当時上越線は上野から石打までしか電化されていなかったのである。機関車の交換の間乗客はそのまま待たされる。その待ち時間を利用するという訳ではないのだろうが、ときどき食糧検問が行なわれていた。村の米屋さんがリヤカーを引いて駅へやってくる。帰りは徴発した米を乗せて帰るのである。私の家は駅から近かったのでよく駅へ遊びに行った。そんなときそんな検問を目撃したことがある。持っている統制品を手放せば罪を問われることはなかったようだが、苦労して手に入れた米や野菜を、そう易々と手放す気にはなれず、時には逃げ出す人もいたが、身体のいたる所に米を隠していたので逃げるのも大変だった。

殺人の買い出し列車で生き延びる　弘現
夕焼小焼明日はお米の配給日　幽王

鶴彬の「神代から連綿として飢ゑてゐる」を思い出す。戦争が終わったけれど、本当の試練はむしろここから始まったと言ってもいいだろう。戦争への恐怖と緊張感が解けて、自由と平和を勝ち得たが、それを自分のものとする道は更に険しかったのである。

バラックへそっくり朝の陽が当り　鈴波

平和になっても疎開地からすぐ戻れたわけではない。家も無いし、食べる手立てもない。そんな中でバラックでもいいから、雨露を凌ぐものが必要である。バラックとは当座の生活を支える仮小屋である。取り敢えず生活の拠点はできた。その喜びが「陽が当り」の表現になっている。生活の拠点が出来て、ここから庶民の戦後が歩き出すのである。

昭和二十二年（一九四七）

吉田首相「不逞の輩」発言。二・一ゼネスト中止。東京都二十三区制スタート。田村泰次郎『肉体の門』、石坂洋次郎『青い山脈』発表。新学制（六・三・三・四制）スタート。第一次経済実相報告（経済白書）発表。山口判事闇買を拒否し栄養失調死。一〇〇万円宝くじ発売。

労働組合法の成立で、前年の昭和二十一年には、総同盟や産別会議が結成され、労働争議も多数発生して、生産活動がしばしばストップする場面もあった。それを受けて、吉田首相が一月一日に行なった、ラジオ放送による年頭の挨拶は、一部の過激な労働組合とその指導者へ向けて「私はかかる不逞の輩がわが国民中に多数ありとは信じない……」と、ややオーバーヒート気味な表現で、非難の火花を向けている。この言葉に労働組合ばかりでなく、多くの国民からも反感を買い、二・一ゼネストへと膨らんでいく。

ところが一月三十一日になって、マッカーサーはゼネスト中止の命令を出し、全官公庁労組共同闘争委員会議長井伊弥四郎がゼネスト中止のラジオ放送を行なう。このことで、日本国民は改めてGHQの大きな力を知ることになり、被占領国の悲哀を味わうことになる。

今宵このゼネストは血に飢えてゐる　徳川　夢声

ゼネストも一時預けの復興祭　水月生

ストライキやる度将棋強くなり　富　夫

ストライキキッスへなちょこ民主主義　竹　林

ゼネストと別に混んでる屋台店　山田　宙望

五月三日から新憲法が施行される。前文には民主主義の原則と世界の恒久的平和を高々と謳い上げている。条文にも、基本的人権の尊重、言論の自由など、戦時には考えられない理想を掲げている。しかしそれはあくまでも理想であって、現実とは懸け離れた、文字どおり絵に描いた餅でしかなかった。

生活は条文だけが保障する　貴世香

新憲法二人のために出来たのよ　牛　歩

民主主義妻の荷物を持ってやり　古澤蘇雨子

民主主義成って亭主の値が下り　東　喜代駒

新憲法二十五条には「すべての国民は、健康で文化的な最低限度の生活を営む権利を有する」と生活権を高らかに謳っている。さらに同条②項では「国は、すべての生活部面について、社会福祉、社会保障及び公衆衛生の向上及び増進に努めなければならない」と、国の責任を明言している。にもかかわらず、現実の生活とは懸け離れる存在でしかなかった。後に生活保護法や最低賃金法などの手当が行なわれているが、成立当初は所詮努力規定でしかなかった。貧しさのために多くの犠牲が払われ、時には生命の危機に晒されていた。

そうした国民の貧しさを実際に報告したのが、『経済実相報告書』である。通称『経済白書』と言われ、その後の戦後の経済の実体を報告して、その都度話題を提供している。このときの報告書のキャッチフレーズは「国も赤字、企業も赤字、家計も赤字」(『岸宣仁著『経済白書物語』文藝春秋)である。

白書ハクショと政府はお風邪気味　木石

経済の白書枕に昼寝かな　紫水

心なしかパンチが弱い。当時の国民の栄養事情から考えれば、やむを得ないことか。

買出しのよもやと思ふ人に逢ひ　扇啄坊

買出しは滞りがちな配給の不足分を補うために、リュックサックを背に農村地帯に米や野菜を求めて都会から出かけて行くことである。

停電は余所のコンロのせいにする　閑月

電気コンロはアンペアが高いので、電気コンロを使うとすぐヒューズが切れた。どこかの家のせいにするのはありそうな光景である。

出版の自由となって紙がなし　中川　清
停電に冴えて小さんの石返し　しん駒
人を殺せぬ勲章を露伴持ち　枯　柳

幸田露伴は『五重の塔』などで知られる小説家。戦後初の文化勲章を受章。これは平和の象徴とも言える。

アメリカの粉で育った子の倫理　雀　郎
弁当の分だけ軽いランドセル　政　義

新学制とともに小学校の給食が始まる。脱脂粉乳の評判は悪かったが、弁当を持たせなくてすむことは、ランドセルを軽くするばかりでなく、主婦にとっても、朝の忙しさの手が省けてありがたかったはずである。

買うともう当たったつもり前祝い　泉

百万円当たった夢のあっけなさ　楓山

宝くじは昭和二十年の十月に、日本勧業銀行から発売されている。一枚十円で賞金は十万円である。それから二年後に、賞金は十倍の一〇〇万円となって大きな話題を呼んだが、その裏には、国民の相変わらずの貧しさと、インフレ進攻のスピードが窺われる。

尋ね人また力なく切るラジオ　青水

テレビのない時代のラジオは、娯楽としても、貴重な情報源としても、その役割を果たしていた。その中で月〜金曜まで一日一回十分間放送された。ＮＨＫの『尋ね人の時間』は、戦時・戦後の混乱の中で行方の定かでない肉親や知人の消息を尋ねたり、それに答えたりする番組である。心当たりのある人たちの関心を集めて、昭和三十七年まで続けられた。

戦後の混乱がまだまだ続いていく中で、戦争に負けたことを実感させられることは続いていた。しかし、新しい流れを少しずつ受け入れながら、時代を建設していこうという槌音も、大きくなりつつあった。新憲法の実施や、それに付随した法律の整備も進んでいった。政治は吉田内閣から、社会党の片山内閣へ移行する。しかし、社会党が第一党とは言え、三十一パーセントの議席数では、社会党単独内閣とは行かず、民主党、国民協同党との連立内閣となり、足元は安定しなかった。国会は炭鉱国家管理法をめぐって乱闘騒ぎとなり、法律は成立したものの、与党各党のトラブルが相次ぎ、明くる年には芦田内閣成立へと進む。そして、第二十三回総選挙で、新潟三区から立候補した田中角栄が、第三位で当選している。前回の落選の雪辱を果たした。この男、コンピューターを搭載したブルドーザーは、その実力を地元で見せ始めていた。

昭和二十三年（一九四八）

帝銀事件。美空ひばりデビュー。昭和電工疑獄事件。サマータイムの実施。太宰治入水心中事件。福井地震。主婦連・全学連結成。

アベックに陽が当たってる夏時間

穂　生

サマータイムが実施された。五月の第一土曜日から、九月第二土曜日まで、時計を一時間進めて、昼間の明るい間に仕事をすることによって、電力の消費を少なくしたり、アフター5の充実のためにと実施されたものである。進駐軍の提案であったが、日本の風土に合わなかったのか、昭和二十六年まで続いたが、その年に廃止された。私が小学生から中学生の頃だったのでよく覚えている。まだ陽が高いのに夕方の五時の時報を聞くのに馴染めなかったことや、学校から帰ってきて、家の手伝いをさせられたが、この時間がとても長く感じられたことを思い出す。会社や工場で働いていた人たちには、もっとはっきりした影響があったことだろう。

肉体の門からすぐに医者の門　　武

常盤座の楽屋荷風のながい顔　　正岡　容

田村泰次郎の「肉体の門」が『群像』に載ったのは、昭和二十二年三月号。この小説は都会の焼け跡のビルに巣くう、闇の女たちの性を書いて人気になった。映画化もされ、掟を破った仲間へのリンチの場面が話題になった。泰次郎は「精神主義的にいびつになった日本人を人間らしい人間にするために一度は肉体の門をくぐらなければならない」と主張したが、話題はショッキングなシーンに集まる結果となった。

新宿では額縁ショーと呼ばれるヌードショーが話題を呼び、浅草ではそれ専門の劇場が誕生するなど、戦時の抑圧が一気に爆発した感じになった。

「肉体の門」とは別に文学作品では太宰治の「斜陽」が静かな人気となり、「斜陽族」なる流行語まで誕生させたが、太宰は六月に恋人山崎富栄と、玉川上水で入水自殺を遂げる。六月十九日は遺体が発見された日であり、太宰の誕生日でもあったことから、桜桃忌として太宰の忌日となる。

筍の果ての裸が売れて行き　　凡　痴

心中も文士になると大見出し　明月
亦自殺かと新聞で鼻をかみ　弘法
新聞に出ると心中美人なり　拾人
古橋と太宰は水で世に知られ　煤夢
古橋へ首相特配しておやり　福丸

前年、古橋広之進が全日本水上選手権大会の四〇〇メートル自由形で、四分三八秒四の世界新記録を樹立。この年には八〇〇メートル自由形で九分四六秒六を記録。合わせて六つの世界新記録を樹立した。古橋広之進はフジヤマの飛び魚と呼ばれて、世界でも注目されるようになった。この他橋爪四郎なども世界大会で活躍した。

雨やどり二十の扉みんな聞き　破傘
ラヂオより先に声出すのど自慢　千里
資生堂前のマイクは急所突き　二三浪

当時の楽しみといえばラジオである。そのラジオもＮＨＫだけ。それでも夕食後の家族で囲むラジオの声に、笑いを取り戻しつつあった。二十一年には「街頭録音」がはじまり、「話の泉」、「のど自慢」、「二十の扉」など。ドラマでは菊田一夫の「鐘の鳴る丘」や「向こう三軒両隣」などが人気だった。

取り替えた浴衣で田舎盆になり　朝丸
ヤミ米でミシンだらけの村となり　一陽
かつぎ屋は政治経済よくしゃべり　しげる

相変わらずインフレの進行は激しく、物不足の状況は続いていた。タンスの奥から持ち出された衣類は、農家へ行って、米や野菜に変えられていく。農家には必要としないミシンが何台も集まったり、衣類も着る機会のないまま、農家のタンスにまたしまわれていった。

昭和二十四年（一九四九）

日の丸自由掲揚。第三次吉田内閣成立。国鉄九五〇〇〇人の人員整理。下山・三鷹・松川事件。キティ台風。湯川秀樹ノーベル賞受賞。お年玉年賀葉書発売。

日の丸を知らぬヨイコに誰がした　幸

一月一日から日の丸の掲揚が自由になった。しかし、日の丸の掲揚は、祝日であっても家庭の門に掲揚されることは稀になった。まだ戦争への生々しい記憶もあったし、そのことの空しさを知ったからでもある。国の行事などでは少しずつだが、国旗の掲揚が行なわれるようになってきた。日の丸掲揚がいいことなのか、そうでないのかを早計に結論は出せないが、自由になったというところに、戦後の意味があると思う。

百円亭主パチンコ勝った日は言わず　裕次
パチンコ屋　オヤ　貴方にも影が無い　冨二

パチンコの普及は名古屋辺りが震源地のようだが、瞬く間に全国に広がっていった。昭和二十四年には、全国の到る所で、軍艦マーチの勇ましい音楽に混じって、パチンコ玉の弾ける音が響いていた。ところがこの頃の句にパチンコの句は見当たらなかった。掲出の句も後年の句である。百円亭主なる言葉が流行したのも、もっと後だったような気がする。

冨二の句は名句として今でも時々持ち出されるし、冨二の代表句のように紹介されている。この句は昭和二十七年『鴉』八号に掲載された作品だが、昭和二十六年頃、冨二は川崎でパチンコ屋をやっていたという(『現代川柳ハンドブック』雄山閣)。そうしたことを考え合わせると、この句の味わいはただの世相批判ではない作者の顔が見えてきて面白い。

その後もパチンコ屋は多少の波はあったにしても、戦後の娯楽をリードしてきた。さまざまな人間模様を織り続けながら、今なお健在である。

昭和二十四年頃はまだまだ暗い話題が幅を利かせていたが、明るいニュースも飛び込んできている。水泳の古橋、橋爪選手等を始めとした日本選手の活躍は前年に引き続き、世界新記録を出すなどの活躍をしている。

トビウオにマイク手探るアナウンサー　富輔

この年の八月にロサンゼルスで行なわれた、全米野外水上選手権の一五〇〇メートル自由形で、古橋、橋爪選手が一位、二位を独占した。

ノーベル賞恩師も暫し涙ぐみ　鈍村

日本人初のノーベル賞の受賞者は、物理学賞で京都大学教授の湯川秀樹博士であった。

この二つの快挙は、暗いニュースばかり続いていただけに、国民にとっては大きな励みとなった。

暗いニュースと言えば、下山事件、三鷹事件、松川事件と鉄道に関連した事件が続いて発生した。いずれも謎の部分が多く、すっきりしないまま終結している。国鉄の九五〇〇〇人の人員整理と重ね合わせて、いずれもすっきりしない。残念ながらこうした事件を扱った川柳作品を見つけることが出来なかった。

昭和二十五年（一九五〇）

警察予備隊が発足。金閣寺焼失。ミス日本に山本富士子。朝鮮戦争始まる。『チャタレー夫人の恋人』発禁、伊藤整ら起訴。ジェーン台風関西を襲う。公職追放解除。

時代の変化はある日突然やってくるわけではない。地下のマグマのように時間に蓄えられたものが噴き出す。現象が突然なので我々の意識の中でそう感じるだけのことである。戦後も五年を経て、一つの転機を迎えたことも、そんなことを意識させるだけの余裕を持つに至ったものである。時間を追ってこの年の出来事をまとめてみたい。

マッカーサーは年頭の辞で、「この憲法の規定は相手側から仕掛けてきた攻撃に対する自己防衛の侵しがたい権利を全然否定したものとは絶対に解釈出来ない…」と日本の自衛権を認める発言をしている。このマッカーサーの発言の裏には米ソの冷戦があり、朝鮮半島の緊張がある。そして警察予備隊の構想へと発展していく。

八月に警察予備隊令が公布され、七四五〇〇人が隊員となる。そして、昭和二十八年には保安隊に、二十九年には陸上自衛隊へと変身する。違憲・合憲論議の結論が出ないまま、自衛隊は災害時の活躍などで、国民の理解を取り付けようとしている。

警察予備隊の立場を弁明するように昭和二十七年、火野葦平が『文藝春秋』に「予備隊一日入隊記」を書いている。その中でこの半端な存在をこんなふうに指摘している。「警察予備隊は、警察か、兵隊か？　この奇妙な部隊が一昨年、誕生して以来、この素朴な疑問が、今日まで、なお、不明瞭なくすぶりを見せて続いている。銃だけあった予備隊に、大砲が配備され、戦車、飛行機さえも加えられようかというのに、えらい人たちがなお予備隊は軍隊ではない、再軍備はしないとしきりにいうので、正体は妖怪化するばかりである。」妖怪は妖怪のまま増殖を続け、今では市民権を得たようになっている。

予備隊は二年がかりのアルバイト　晃一
予備隊の人気ラッパが欲しくなり　美津男
安定所予備隊に客持ってかれ　紅秋

五月には朝鮮戦争が現実となり、北朝鮮軍が三十八度線を越えて南進を始める。

南北の戦火日本の胸痛み　天平
平和とは絵にした餅か南北　晃一
対岸の火事川幅が心配だ　三想坊
カブト町金ヘン株へあさましい　青柳

朝鮮戦争の根元を辿れば、日本の植民地政策の結果の米ソの分割統治である。そのことを思えば、多くの日本人は胸の痛む思いを抱いているはずである。日本は目下連合国の占領下にあり、「日本国民は朝鮮の動向に無関心であるはずはないが、しかしいかなる場合にも戦争の圏内に巻き込まれることは、絶対に避けなければならぬ」（淡徳三郎『「文藝春秋」にみる昭和史』第二巻）といった複雑な立場にあった。その一方で戦争特需により、日本は立ち直りを見せるのだから、何とも皮肉な巡り合わせである。

国内では池田蔵相が記者会見で「三月危機で中小企業の一部の倒産はやむをえない」と発言。不信任案まで出る始末となったが、これは否決された。

大臣が言った通りに自殺殖え　天貧棒
放言をせぬ大臣の名を忘れ　千流

六月には第二回参議院議員の選挙があり、保守系がどうやら過半数を確保する。

グレシャムの法則きびし立候補　雷

悪貨は良貨を駆逐する、ということだから、当選したのは期待される人たちではなかったのだろうか。

明るいニュースを二つ。その一つは、ミスコンの草分けとなった、読売新聞社主催のミス日本コンテストに山本富士子が選ばれて、話題となったことである。

売り出しはミス町内で間に合せ　柳人
女房とミス日本が違いすぎ　悦
女子社員ミス日本に妬きそねみ　胡弓

もう一つは千円札の出現である。高額紙幣の出現が明るいニュースというのは変だが、一月からお目見えの千円には聖徳太子が厳めしい顔で登場した。千円札に聖徳太子の肖像が採用されるについて、こんなエピソードがある。

通貨・切手の発行に関するGHQ総司令長官の覚え書きというのがあって、それによると、軍国主義的または超国家主義的指導者の肖像、軍国主義および超国家主義を象徴するもの、神社その他神道を象徴するものは禁じられていた。聖徳太子もその範疇に入るので、最初はダメだったものを当時の日銀の総裁である一万田尚登が、直接GHQに乗り込んで「聖徳太子は十七条の憲法の中で、和を以って貴となす」という平和主義者なのだと説明。とうとうGHQを説き伏せたという。なお歴代の高額紙幣の肖像には夏目漱石、伊藤博文など、ひげを蓄えた人物が採用されているが、これは偽札防止のためだと言われている。ひげの部分がそっくりに出来ないからである。ところが、三月には京都で千円札の偽札騒ぎが持ち上がった。

月給日千円札は陽にすかし　清
本物の千円だった四月馬鹿　三太郎

七月二日の未明に、京都市にある国宝鹿苑寺金閣が、一人の学生僧の放火によって焼失する。後に三島由紀夫の小説『金閣寺』のモデルにもなった。ついでに言えば、市川雷蔵主演で『炎上』の題名で映画化もされた。金閣寺はその後再建され、現在も京都の観光コースに組み込まれている。

寺を焼き母を死なせて悪びれず　公平
義満は名もなき奴の手にかかり　健次郎
絵はがきに一枚へった京名所　稔

わさびの切れもペパーミントの爽やかさもないが、ちょっと味の濃い作品である。

デマジオにどの球場も小さすぎ　清光

アメリカのホームラン打者ジョー・デマジオが来日した。

ツマミ食い不起訴でチャタレイ腹を立て　信亮

鉄工品貿易公団の職員が二億円を横領して逮捕されたが、この公団の総裁が「あれくらいは女中のつまみ食い程度」と放言。つまみ食いが流行語となるが、この事件は不起訴で終わる。一方ローレンスの名作『チャタレー夫人の恋人』は発売禁止となり、出版元の社長と翻訳者の伊藤整はわいせつ罪で起訴される。この裁判は最高裁まで争われるが、昭和三十二年に有罪が確定する。その後、判決は変更のないまま『チャタレー夫人の恋人』は、ノーカットの文庫版が世に出ている。

昭和二十六年（一九五一）

八海事件。マッカーサー元帥国連軍最高司令長官の職務を解任。映画『羅生門』ベニス国際映画コンクールでグランプリ受賞。公職追放解除。サンフランシスコ講和条約調印。

日本では老兵死なず稼いでる　卯郎

この年の最初のビッグニュースは、マッカーサー元帥がトルーマン大統領に、連合軍最高司令長官の職を解かれたことである。このニュースは突然だっただけに、日本国民を驚かせた。この突然の解任の理由は、マッカーサーの朝鮮戦争への介入発言だと言われている。後任にはリッジウェイ中将が就任した。マッカーサーの解任を惜しむ声は多くの新聞が伝えているが、朝日新聞の社説は「マックァーサー元帥が司令長官としての地位を去ることは、解任の理由如何に問わず、日本国民の最も残念に思うところである」と述べている。帰国の際には、羽田まで二十万人の人が見送ったという。マッカーサーは帰国後、アメリカ議会の証言で「日本人は十二歳の少年」「老兵は死なず消え去るのみ」の名文句を残した。

議事堂がも一つほしくパージ解け　鶴二

前年の軍国主義者の追放解除から、この年の五月に三木武吉ら七万人の追放解除があって、軍国主義に協力した人たち、つまりこれら老人達が、政治・経済の世界に帰ってきて、活動を開始した。

年寄りの日を待つほどのふしあわせ　政夫

九月十五日が「としよりの日」として国民の祝日に加えられ、昭和四十一年に現在の「敬老の日」になる。戦後の敬老精神は、形を整えようとしただけで、実質的な手当は遅れていて、その遅れは現在も続いているといえる。

日本の独立、つまり、講和条約の調印は、九月八日に吉田茂を全権大使として、サンフランシスコで行なわれている。そこへ到るまでの動きを辿ってみる。

昭和二十四年頃から講和条約が、日米の間で話題となり、国内でも全面講和か、単独講和かで国論を二分した。東大総長の南原繁は全面講和論をすすめる知識人の先頭に立っていたが、吉田首相はそれに対して、「国際問題を知らぬ曲学阿世の徒で、学者の空論に過ぎない。全面講和を望むことはわれわれとしては当然あるが、現在は逐次事実上の講和を結んでゆく以外にない」と反論した。曲学阿世とは『史記・儒林伝』にある言葉で、「真理にそむいて時代の好みにおもねり、世間の人に気に入られるような説を唱えること（『大辞林』三省堂）」というほどの意味である。それに対して南原総長の再反論があるなど、全面講和と単独講和で国論を二分する。しかし、東西冷戦の煽りで朝鮮半島に代理戦争が勃発すると、現実性のある単独講和が支持されるようになる。確かに四十数年たった現在の視点でみれば、単独講和もやむを得なかった事情も分かる。全面講和の理想論もまた、その時代を戦った証として評価するばかりでなく、ソ連や中国との国交回復へのステップとして大きな場を与えていたことも見逃せないだろう。

六月にＧＨＱの総司令長官のマッカーサー元帥が、当時のアメリカ大統領トルーマンによって解任されたけれど、これは、サンフランシスコでの講和条約への布石の人事ではなかったかと思えなくもない。講和の交渉はＧＨＱの頭の上を通過して行なわれていたので、マッカーサーの微妙な立場を慮ばかってのこととは、穿った見方が過ぎるだろうか。

その講和条約はその年の九月、吉田茂を全権大使としてサンフランシスコで調印される。

菜園を花壇にかえて待つ講和　政夫
金権の中に全権ただ一人　霧静
調印へ八千万の胸騒ぎ　男五匹
一人立ちアクセサリーはバラでよし　秀利
講和とは別に車中に義手義足　路舟

この年は戦後の一つの曲り角の年であったように思う。巷には食うために懸命な人たちや、終戦のショックから抜けられない人たちなどがまだまだ多くいたが、日本が独立したという自覚は、大多数の日本人の気持ちではなかっただろうか。確かに単独講和による、新しい負担を強いられることも多くなって、その後の日本の混乱の火種は残したものの、それは通過しなければならない敗戦国日本が負う、十字架ではなかっただろうか。

昭和二十七年（一九五二）

「君の名は」ラジオ放送開始。日航機もく星号墜落。対日平和条約発効。白井義男フライ級チャンピオンに。血のメーデー。

私事だが、私は中学三年生になっていた。田舎の中学校はのんびりしていた。特に私の場合は高校への進学は予定していなかったし、就職も親戚の工場へ行くことに決まっていたので、就職活動もしていない。自然を相手に遊ぶことには不自由しなかったし、勉強しなさいと言われることもなかった。

私たちと同年の美空ひばりも好調で、私は彼女の歌う「東京キッド」が好きであった。友人がひばりのブロマイドを集めていて、それに協力するふりをして私も集めたことがある。その他「りんご追分」「お祭りマンボ」などのヒット曲で人気が出ていた。

メーデーは禁止アベックはよし皇居前　文雄
催涙弾火焔ビンとの投手戦　正和

独立後初めてのメーデーは皇居前広場の使用が不許可になり、神宮外苑で行なわれた。しかし一部の過激分子が皇居前広場に雪崩こみ、警官隊と衝突したり、外国人の自動車に放火するなど「血のメーデー」と言われる大きな騒ぎとなった。この事件を契機に、破壊活動防止法が成立した。

破防法よりも堤防こわい夏　かをる
破防法よりも騒音防止法　富士夫
破防法ニュースのワクも縮こまり　正春

沖縄は返還されないまま、講和条約が発効して、体裁的には独立国となるが、進駐軍は駐留軍と名を変えて各地の基地からアジアの各地をにらんでいた。警察予備隊も保安隊へと、装いを新たにした。独立したとは言え、独り歩き出来ない赤ん坊のような日本であった。

手放しでアンヨへたへた立ち上がる　林　泉

独立におどる胸よりさわぐ胸　弘　司

保安隊募集大きな忘れ物　まる丸

どんな忘れ物か気になる。五十年たった今でもまだ手元に戻っていないかもしれない。永遠に戻らないものかもしれない。そんな忘れ物があるような気がする。

憲法の保障だけでは生きられず　土瓶子

憲法第二十五条は「すべて国民は、健康で文化的な最低限度の生活を営む権利を有する。国は、すべての生活部面について、社会福祉、社会保障及び公衆衛生の向上及び増進に努めなければならない」と謳っているが、この憲法が施行されて間もない昭和二十二年秋に、山口良忠判事が闇米を食うことを拒んで飢え死にする事件があり、昭和三十一年には朝日茂さんがこの二十五条を盾に行政訴訟を起こした。一審は朝日さんを支持したが、二審は逆転判決となり、最高裁まで争われた。途中朝日さんが亡くなり、養子の人が引き継いだが、裁判所はこの権利は相続の対象とならないとして上告を棄却した（『法律用語辞典』自由国民社）。あまりに理想を求めた日本国憲法は、貧しい日本の現実にそぐわない矛盾をさらけ出していた。そして判決もその現実に合わせるかのような結論である。当時の日本国憲法は、子どもに多機能のパソコンを与えて、自由に操れと言っているようなものだったのである。

昭和二十八年（一九五三）

バカヤロー解散。伊東絹子ミス・ユニバース三位入賞。石川県内灘村で米軍基地反対闘争激化。ＮＨＫテレビ放送開始。電化元年。

私は三月に中学を卒業した。金の卵などともてはやされることもなく、東京に出てきた。東京へ出てきて、やはり三四郎的カルチャーショックを受けたが、何よりも車の騒音に驚かされた。止むことのないこの音の洪水には、慣れるまで時間がかかった。五十年以上たった今でも、この音の洪水には親しくなれないでいる。

朝鮮戦争を契機にして日本の立ち直りに勢いがつき、経済の復興は本物になりつつあった。景気の動きに敏感なのが兜町。株式市場も活気付いてきた。そして戦後初めての投資ブームとなり、主婦がマネービルに参加してきた。

株屋にも託児所ほしい昨日今日　安次
願うのは平和買うのは軍需株　富士夫

しかし油断できないのが相場の常。

兜町開く日を待つ妻の春　秀秋
兜町高い高いをして落し　玉緒
暴落でまた従順な妻になり　半吉

やがて景気は神武景気へとつながるのだが、日本の政治はというと、ジグザグジグザグと波間を漂うブイのように浮遊していた。吉田首相の国会でのバカヤロー発言があって、衆議院は解散する。与党自由党にも内紛があり、鳩山一郎らが吉田茂とたもとを分かち分裂する。そして分裂したまま選挙を戦う。

愛国心右と左で奪い合い　秀秋

白足袋もついにはだしになって立ち　竹翁
騒音の自由で選挙幕を開け　胡水
悪政へ妻と二票で立ちむかい　凡太郎

選挙の句は時代を経ても変わらない。国民の意識が変わっていないことを意味するようで、悲しいと思うこともある。その中で最後の句は選挙の空しさを感じさせる。唯一政治に参加する機会の市民が、選挙へかくあるべしと思わせて鋭いものがある。たとえ空しいことではあっても、選挙へ参加することの積み重ねが、新しいものを作り上げていくのである。
そして選挙の結果は?

無所属の首を安値で売りにくる　元
憲政の神ももんどり打って落ち　夢二

「衆議院議員の選挙の結果　自由一九九、改進七六、左派社会七二、右派社会六六、分派自由三五、労農五、共産一、諸派一、無所属一一という結果で、左派社会党の躍進が目を引く。参院の方は、自由四六、左派社会一〇、改進八、無所属三〇という結果で未改選議席を合せると自由が強く、左派社会党が第二党となる(『現代風俗史年表　河出書房新社)」。衆議院では憲政の神様と言われた尾崎行雄が落選している。

李ラインは見えずうるさい海となり　米吉
厳重に抗議してから泣き寝入り　全助
海に線引いて大人の鬼ごっこ　尚

李ラインなるものが引かれて、漁船が拿捕される事件が続いた。日本の政府はその都度抗議をしても改まることはなかった。

白い足袋五度洗って継ぎを当て　潮三

五月には第五次吉田内閣がスタートする。

馬子唄が軍歌にかわる浅間山　令一
頂きと別な雲湧く富士の裾　夢坊

日本は独立するに際してアメリカと安全保障条約を締結している。それによって米軍に基地などを提供する義務を負うことになるが、その基地の候補地に石川県内灘村が試射場の候補地になる。これが県ぐるみの反対闘争に発展するが、似たようなケースが日本各地で見られるようになる。

文学を一たばにして全集戦　緑　発

全集に漏れた作家はチュウで酔い　ざく郎

印税の切れた文豪並べられ　浩

全集の目録だけで気がつかれ　迷　言

文学全集がブームとなる。その頃の新聞には文学全集の広告が目につく。築摩書房は『日本文学全集』、角川書店は『昭和文学全集』、河出書房は『現代日本文豪全集』、新潮社は『世界文学全集』、赤い箱にはいった『現代日本文学全集』などなどである。

文学全集が出たついでなので、この年ＮＨＫがテレビ放送を開始していることも報告しておく。そのことを詠んだ句もあるが、いい句はなかった。ラジオや映画がまだ娯楽の主役であったからだろう。時代は少しずつ落ち着きを見せ始めた。

吊革へ八頭身と並ばされ　巌

七月には伊東絹子がミス・ユニバースの三位に入賞して、その時の美の基準が八頭身ということで、この言葉が流行語になった。

昭和二十九年（一九五四）

二重橋事件。福龍丸ビキニ水爆実験で久保山さん被爆。造船疑獄で犬養法相指揮権発動。青函連絡船洞爺丸転覆。マリリン・モンロー来日。伊藤整著の『女性に関する十二章』がベストセラーに。

お金の銭単位が廃止され、円単位制となる。一円未満の取引は行なわれなくなる。大蔵省はこれで荒稼ぎをし、神社の賽銭も細かいお金で祈願する人もなくなり、神さまにとっては嬉しいニュースである。ちなみに当時の国民所得の月平均は二万八二八三円で、コメが一キロ一三二円、ふろ代（東京大人）十五円、もり・かけ蕎麦二十五円、ラーメン三十円といったところで、現実に銭単位は使われていなかった。それだけインフレの進行がすごかったということである。ある古老のはなしによると、昔はかけ蕎麦と銭湯の値段は同じだったといっていたが、食べ物の値段の上昇が早かったのは、戦後の食糧事情を考えれば当然である。その後銭湯が蕎麦に追いつき追い越している。これも世の中の移り変わりの面白さである。

円単位大蔵省も荒かせぎ　冬村

銭単位廃止神さまほくそ笑み　太鼓

もう一つお金にまつわる話題。街の金融業者森脇将光と山下汽船、日本海運の金銭トラブルに端を発して割り当て船をめぐり、運輸省関係の贈収賄、政治献金などが明らかになり、政界にまで波及。いわゆる造船疑獄といわれる事件である。検察は自由党幹事長、佐藤栄作の逮捕を要求するが、犬養法相の指揮権発動により逮捕不能になる。結局政界側からは逮捕者のないまま事件は解決した形となる。しかしこの事件が尾を引いて吉田首相の引退時機を早めさせる。

指揮権とは、検察庁法第十四条で、法務大臣は検察官の職務、犯罪の捜査について、検察官を指揮監督することが出来ると規定していることをいう。つまり指揮権である。

疑獄とは別進水式は派手　純二郎

船をこぐ程に飲ませて船は出来　虎　男

逮捕状不渡りとなるアホらしさ　茂

三月にはビキニ環礁でアメリカの水爆実験が行なわれ、第五福竜丸が放射能を浴びて帰港。同船より水揚げされたマグロから強度の放射能が検出され、魚価は暴落するなどの被害が出る。九月には無線長の久保山愛吉さんが被爆が原因で死亡する。広島・長崎につぐ原水爆の犠牲者となる。

死の灰を日本だけに密輸入　正　広

原子マグロ人より厚く葬られ　一文銭
四面みな海で魚の食えぬ国　令一

六月始めに近江絹糸労働組合は、劣悪な労働条件の改善と、基本的人権を要求するが、会社側が全面的に拒否したためにストに突入する。外出・宗教・通信・結婚の自由などの要求は、余りにも前近代的な感じがする。女工哀史が、戦後十年近くを経ても生きていたことに驚く。鶴彬が抵抗した頃の現実がそのままあったのである。

織姫も自由を叫ぶ労働歌　進行
高らかに添えず二人の労働歌　緑朗
握手して哀史現代版を閉じ　宏

自殺者や発狂する人なども出て、この、余りに非民主的な経営に社会も同情的で、経営者が要求を受け入れることで解決したことを喜んだ。

六月の国会は、改正警察法案成立のための会期の延長で揉め、大混乱となり、議長の議場への入場を阻止しようとする左右社会党と、入れようとする自由党議員を殴る蹴るの大乱闘を行ない、二〇〇人の警官隊が初めて国会内に入り、会期延長を決める。その後自由党は単独で改正警察法を成立させる。

国会の延長戦はノーヒット　信雄
国会の父よあなたは強かった　公平
戦力はないが暴力だけはあり　柳生

九月二十六日、台風十五号は、四時間遅れで函館を出港した洞爺丸は、間も無く暴風雨に合い、座礁転覆し、一一五五人の命を奪った。
また十月八日には、相模湖へ修学旅行に出かけた私立麻布学園の生徒が乗った遊覧船が、定員オーバーで沈没。二十二人の命が湖にのまれる事故となった。

相模湖に昨日を知らぬ陽が上り　宵果
四十四の瞳は相模湖の真珠貝　春琴

二月にマリリン・モンローと夫のジョー・ディマジオが来日。なぜかモンローだけが川柳子の関心を集める。

モンローを真似てアヒルに笑われる　太鼓

モンローは帰ってアヒルだけ残り　芳邦

十二月には吉田茂が勇退し、第一次鳩山内閣が成立して、無事に昭和二十九年も暮れた。

昭和三十年（一九五五）

紫雲丸沈没一六八人が死亡。アルミ一円貨発行。第二次鳩山内閣成立。五十五年体制の確立。神武景気始まる。ＮＨＫテレビ「私の秘密」スタート。

前年十二月十日に成立した第一次鳩山内閣は、年を越した一月二十四日に衆議院を解散。選挙は二月二十七日に行なわれ、鳩山ブームに乗った民主党が躍進して終わる。自由党の落ち込んだ分社会党左派が伸び、その後の社会党統一に大きな役割を果たしていくが、ここは選挙の句を見てみたい。

公明の二字を実弾突き破り　迷言

大切な一票だから高く買い　真虫

選挙制度の改正があり、公明選挙がうたい文句になったが、実体は旧態依然の選挙であって、川柳子に好餌を与えただけであった。

船食った心臓でまた立候補　栄

造船疑獄は犬養法相の指揮権発動で、政治家に類は及ばなかったが、その事実は国民の知るところであり、川柳子も見逃してはいない。

この選挙で指揮権を発動した犬養健は、見事に落選している。

不景気の申し子のような一円貨　星郎

一月一日から一円貨幣が、銅貨からアルミ貨に変わる。一円の値打ちが下がっていき、不景気もどん底を打つ。一円アルミ貨の成果かどうか分からないけれども、この年の後半から景気は回復基調を見せ、のちに神武景気と言われる好況の波が、日本を覆うことになるのだから、一円貨も不景気の申し子とばかりは言えなくなる。

馬小屋がトラック小屋になる景気　香風

電蓄に馬も小屋から顔を出し　緑朗

神武景気の足音は確かに聞こえてきた。電化製品の普及は少しずつ庶民の生活を変えつつあった。家庭電化時代の幕開けは昭和二十八年頃から始まって、テレビのコマーシャルの影響もあって、電気洗濯機に人気が集中する。ソニーがトランジスターラジオを発売する。

学校へ行かぬ孝行豆スター　晋一

美空ひばりに江利チエミ、雪村いずみの二人を加えたトリオが、映画『ジャンケン娘』で三人娘として売り出し、人気になる。学校へ行けないほどの売れっ子になる。それがそのまま親孝行になるという発想は、川柳子という庶民の貧しさでもあった。

前年から保守合同、社会党の右派、左派の統一は噂になりながら消えていったが、念願かなって二代政党が成立して、いわゆる五十五年体制が確立する。

十月十三日には、社会党の右派と左派が統一されて日本社会党に、初代委員長には鈴木茂三郎(左派)が、初代書記長には浅沼稲次郎(右派)が選出された。十一月十五日には自由党と民主党が一緒になって自由民主党に。十一月二十二日には第三次鳩山内閣が成立する。その後の保守・革新の図式をかなりの期間維持することになる。

統一は仮縫いだけで仕上がらず　ざく郎
合同へ出雲の神の生アクビ　一郎
統一も八合目から息が切れ　まる丸

気を揉ませながらも統一と合同を果たすことになるが、統一と合同の違いがその間の事情を説明しているような図式である。その成り行きには、期待だけではない視線が注がれるのは、相変わらずの政治が続いていたからである。

ひょろひょろと二大政党立ち向い　新一
結党の万歳ウソのつき初め　菌
与党席居眠り出来る数となり　久

電化製品の普及に伴い、娯楽の王様は相変わらず映画であったが、テレビの人気も徐々に浸透していった。大相撲の中継や力道山が活躍するプロレスが特に人気で、街頭テレビは黒山の人だかりであった。

蔵前が全国にある十五日　秀昭
横綱に勝ち横綱になって負け　時三

吉葉山の横綱になるまでの活躍ぶりは、そのマスクの甘さもあって、人気絶頂で横綱に昇進した。横綱になってからは怪我などの不運が重なって、昇進してからの成績は無惨で、いいところを見せないまま引退。悲劇の横綱と言われた。

昭和三十一年（一九五六）

新潟県弥彦神社で初詣客が将棋倒し、死者一二四名。第三十四回芥川賞に石原慎太郎『太陽の季節』が受賞。売春防止法公布。経済白書「もはや戦後ではない」宣言。日ソ国交回復。スエズ動乱。日本国連に加盟。石橋内閣誕生。公害病問題。

初もうで戸板で帰るとは哀し　一本

弥彦神社は新潟県中部に位置する弥彦山の麓にある神社で、天香山命が祀られ、越後一の宮として信仰を集めている。元日に餅撒きをするので、多くの人が詰めかけ混乱していた。階段付近の数人が転倒したのがきっかけとなって、群集が折り重なる様にして倒れた。その上玉垣が崩れ落ちたため、死者一二四名、という大惨事になってしまったのである。この事件は、気持ちの上で戦後の貧しさを抜け出せないでいる日本の実体を伝えている。その一方で、旧い日本の体質から脱しようとする、ジレンマが表面化しつつあった時代である。それを裏づけるものとして、芥川賞に『太陽の季節』が受賞したことと、この年の『文藝春秋』一月号に掲載された中野芳夫の『もはや「戦後」ではない』という論文に見ることが出来る。これは七月に発表された経済白書で、この標題を大きく取り上げて、流行語にもなった。

中野芳夫はこの中で「もうそろそろ私たちの敗戦の傷は、もっと沈潜した形で生かされなければならない時であると思う」といい、「戦後を卒業する私たちは、本当に小国の新しい意味を認め、それを人間の幸福の方向に向って生かす新しい理想をつかむべきであろう。旧い夢よ、さらばである」と結んでいる。

経済白書でも後藤誉之助は「なるほど、貧乏な日本のこと故、世界の他の国々にくらべれば、消費や投資の潜在需要はまだ高いかもしれないが、戦後の一時期にくらべれば、欲望の熾烈さは明らかに減少した。もはや「戦後」ではない。われわれはいまや異なった事態に当面しようとしている。回復を通じての成長は終わった。今後の成長は近代化によって支えられる。」これもまた名文として記憶に残っている。

戦後十年の締め括りとして、幾つかの事柄が挙げられる。フィリピンとの賠償問題の解決、鳩山一郎の最後の仕事となったロシアとの国交回復がある。これらを戦後処理の区切りとしてあげられよう。一方で『太陽の季節』の芥川賞受賞、マナスル登頂成功、南極観測船『宗谷』の出発。世界卓球選手権大会での活躍、日本が国連に加盟されるなど、新しい日本を象徴する出来事もあった。その新しいものと旧い体質との衝突が表面化もしてきていた。

東京立川市の砂川基地問題も、測量強行に住民と警官隊の衝突。怪我人を出す騒ぎとなった。国会では新教育委員会法をめぐって紛糾し、参議院においては警官隊を出動させて、この法案は暁の参議院通過となるなど、混乱が続いた。

法案を一番鶏に笑われる　障子
先生は一点総評は二千円　政治
総評は食欲だけがあるあわれ　ろくろ
引き分けとなって静かな基地となり　馬風

勤務評定で国会は荒れ、春闘では食うための闘争が続いていた。

太陽の季節を親はまぶしがり　悦子
小説は書けず髪だけ慎太郎　益
人間に太陽取られ雨つづき　政幸

『太陽の季節』は新しい風俗として太陽族を生み、慎太郎刈りの若者を太陽族と呼んだ。日ソの国交は回復したが、漁業問題や北方四島の未還という問題を抱えたままであった。

全権は軽いカバンを持ち帰り　仙花

海のない島国がある世界地図　義明

遠足がモスクワ行きで眠られず　主人

この他の出来事から拾ってみる。

保険医を探す患者の息が切れ　素子

医薬分業の実施で保険医辞退が相次いで、この制度はあやふやのままに終わってしまう。

選挙区へお土産にする打撲傷　星郎

暁の国会では、腕力も国会議員の資質として求められるようになったのかも。

五百年たっても実など一つなし　実

三畳で五人で祝う東京祭　厚坊

太田道灌が江戸に城を築いたのは一四五七年である。それから数えて五〇〇年目のお祝いがあり、東京祭が十月賑やかに行なわれた。都交通局では花電車七両、花自動車十六台、装飾電車八五〇両を六日間にわたって走らせた(『都電　六〇年の生涯』東京都交通局より)。

エジプトのラッパに株がジャンプする　三重丸
侵略を水と油でなすりあい　冬　村

エジプトのナセル大統領はスエズ運河会社の国有化を宣言。同会社の大株主である英、仏は十月二十九日のイスラエル軍の侵攻を機にスエズ運河に侵攻、スエズ動乱となる。

外務省やっと肩上げ取ってくれ　翠　波

十二月八日国連総会において日本の国連加盟が全会一致で可決された。

昭和三十二年（一九五七）

ジラード事件。石橋首相退陣、岸信介内閣が成立。ソ連が世界初の宇宙ロケット「スプートニク一号」打ち上げに成功。三悪追放。砂川事件。映画『明治天皇と日露大戦争』、歌謡曲「有楽町で逢いましょう」がヒット。

前年の十二月に鳩山一郎は、日ソ国交回復という大仕事を終えて退陣。その後継争いは、岸信介、石井光次郎、石橋湛山で争われた。第一回投票では岸が一位になったものの過半数票に及ばず、決選投票で石井、石橋連合が成立して、七票差で石橋湛山が総裁の座を射止め、十二月二十三日に石橋内閣は成立する。ところが年を越して一月末に石橋は肺炎に罹り、長期静養が予想されることから、石橋内閣は総辞職して岸内閣が誕生することになる。

歩かずに石橋たたき年を越し　　清

石橋はたたかぬうちに熱を出し　　美那

一月三十日、群馬県相馬が原射撃場で、からの薬きょう拾いをしていた近くの農婦が、アメリカ兵ジラード三等兵特技下士官によって、射殺されるという事件が起きた。この事件は裁判権問題で国際的に注目されたが、結局日本で裁判が行なわれ、懲役三年執行猶予四年の判決が言い渡された。しかしジラードはこの年の十二月、アメリカへ帰国してしまった。

タマ拾い千人針で鉄カブト　一民
弾拾いミレーの絵とは似て非なり　波里
英文で礼儀正しい逮捕状　いはを

演習場でから薬きょう拾いをしながら、たつきをしのいでいる人のいる一方で、神武以来の好況にはしゃいでいる人たちもいた。

迷い子も神武以来の数で泣き　悌三郎
南極の偉業も神武以来なり　鬼笑

南極観測隊はオングル島に日章旗を掲げ、昭和基地と名付け、観測の拠点を設営した。一月三十一日付け朝日新聞の天声人声は「南極に二度目の日章旗がひるがえった。四十六年前は白瀬隊によって。今は永田隊長らの南極観測隊によって。あの時は大和雪原と名付けられた。こんどは『昭和基地』と命名された。オーロラに映える日の丸はどんなに美しいだろうか」と、その偉業を書き留めている。

塩酸でスターを洗う怖いこと　惣明

一月十三日、東京の国際劇場で美空ひばりが熱狂的ファンから顔に塩酸を浴びせられ、三週間の大怪我をする事件が起きた。

遭難をして定員がはっきりし　紅丸

四月十二日、広島県尾道～瀬戸田間の定期船『第五北川丸』が暗礁に乗り上げ沈没。一一三人の犠牲者を出す大惨事となった。この船は老朽船の上、定員の三倍もの乗客を乗せていたことが問題になった。

歌うほど口に入らずバナナの値　トミ子

流感でカリプソ調のノドになり　剣児楼

ハリー・ベラフォンテが歌った『バナナボート』を、日本では浜村美智子が唄って流行らせた。流行らせたと言えば、春から秋へかけて流行性感冒が猛威をふるい、国民の六十パーセントの五四〇〇万人が罹ったという。

よろめきは美徳で貞淑は間ぬけ　まつを

三島由紀夫の小説『美徳のよろめき』がベストセラーとなり、貞淑を美徳としていた女性の貞操観に大きな波紋を与えた。この句の下五、もっと別の表現があったろうにと思う。

五千円札で能率上がるスリ　舎城

五千円単位でつまれるこわさ　義明

新しい高額紙幣として、五千円札が登場した。それまでは千円札が最高額であったが、その五倍では今考えればたいしたことではないと思うのだが、当時としてはインフレへの不安とともに抵抗があったのだろう。ちなみにこの年の暮れに百円硬貨が出て、百円も小銭の仲間入りをした。明くる年の暮れには、これも聖徳太子の顔で一万円札がお目見えする。

順法でカラ鳴りしてる発車ベル　菌

八ツ当りされても貨車は物言えず　仙花

スポーツの秋で国鉄歩かせる　有蔵

国鉄とか公労協にはスト権がなかったから、遵法闘争なんていう変な戦術を編み出して抵抗した。最初国民の同情を得ながら、余りの長きにわたったため、だんだんそっぽを向かれてしまった。のろのろ運転や当てにならないダイヤの乱れは、恒常的なものになってきた。

当てのない夢を百坪買ってみる　義明

別冊にもう宇宙服作り方　三郎

十月には、ソ連で初めての人工衛星スプートニク一号の打ち上げに成功する。宇宙へ飛び立ち、夢が現実のものとして目の前に迫ってきた。何処にでもめざとい人はいるもので、さっそく火星の土地を売り出した。このアイデア、ユーモアのセンスは抜群なれど、なんともインチキ臭い話である。そんなことも許される時代でもあった。

昭和三十三年（一九五八）

南海丸沈没。勤評反対闘争激化。全日空機墜落。売春防止法施行。小松川女子高校生殺し。皇太子妃決定。東京タワー完成。フラフープの流行。ナベ底不況。一万円札発行。

三悪の方もソツなく年を越し　夢生

前年の五月に新任の岸首相は、伊勢神宮の参拝後の記者会見で三悪（汚職・貧乏・暴力）を追放したいと発言した。年を越しても現実は売春汚職があり、暴力事件が新聞を賑わし、貧乏については、神武景気をあざ笑うごとく、労働争議で労働者の貧しさを強調していた。その三悪は岸内閣と一緒に年を越したのである。

解散へ人相書きも刷り終り　政信

国会でこれは寝すぎたしくじった　英雄

前回の選挙から三年たっているだけに、新年から国会議員の最大の関心事は、衆議院がいつ解散するかにあった。解散風が吹き始めると、代議士先生の腰が落ち着かなくなるのはいつものこと。岸首相と社会党委員長の鈴木茂三郎が会談して、社会党が内閣不信任案を出し、その採決直前に衆議院を解散するというシナリオが出来ていた。後に話し合い解散と言われるもので、猿芝居以下の筋書きである。

五月に総選挙があり、結果は自民二八七、社会党一六六だった。数字の上では社会党が六議席増やし、自民が一議席減らしたものの、社会党は選挙前の予想ではもう少し伸びを期待していたし、自民党は予想よりダメージが少なかったことで安堵の胸を撫でおろした。

自民党はその後無所属当選者を加えて二九八議席として、この数字に岸首相は自信を持ち、強引な国会運営を始めた。警察官職務執行法の改正案や翌年の安保改定をめぐる国会審議に日本は大荒れすることになり、岸信介を退陣に追い込むことになる。

そんな中で、教職員の勤務評定闘争も本格化して、十割休暇闘争などまたまた、児童生徒が巻き込まれることになる。

おんぶしたセンセが重いPTA　湖三
貧草のようにヨイコは扱われ　荷舟
お白洲で生徒の両手引っ張られ　障子

大岡裁きには愛があって丸く納まったが、昭和のお白洲では、打算が見え隠れして子供たちが最大の犠牲者となったのである。

警察官職務執行法も警察の権限が強化されもので、その右傾化を恐れる声が大きくなった。もともと労働争議の暴力化を防ぐことが主的狙いであったため、社会党や労働組合の抵抗も激しくなった。

モシモシがオイコラになる日が怖い　牛歩
国会座荒神山も客は倦き　鉄半

人権の上に職権置きたがり　一郎

福沢諭吉の言葉を借りれば、天は人の上に人を作らずだが、国を構成するものは個人である。公益と上下の関係にあるものではない。天は人の上に人を作らなくても、人間は権力を作りたがり、その位置を尊いものにしたがるものである。

この年は明るい話題で締め括りとなる。その明るい話題とは、皇太子の婚約発表である。

十一月二十七日宮内庁は、皇太子妃に日清製粉社長の長女、正田美智子さんに決定したと発表した。今までの慣例からすると、旧皇族か旧華族の中から選ばれると思われていただけに、国民の驚きは大きく、その後のミッチーブームの爆発となっていく。

宮内庁笑顔で語るいい話　勝郎

孤独なるマスクを取った大ニュース　今日太

フラフープすたれたちまちテニス熱　閑

婚約までのエピソードもまたホットな話題を集め、テニスブームを巻き起こした。

この他のこの年の話題を拾ってみる。

フラフープ親爺の方も輪で遊び　正明
商魂は日本中を腰ふらせ　志郎
フラフープ今にも離陸しそう也　あきら

フラフープはプラスチック製の直径一メートルくらいの輪で、この中へ体を入れ、落ちないように胴体で振り回す遊びである。この遊びはアメリカから、夏のにわか雨のように突然襲ってきて、たちまち消えていった。

大臣はナベの穴から静観し　健児
ナベ底へ三厘下げて味見する　紀代史

昭和三十一年に、もはや戦後ではないと経済白書が謳ったように、GNPも一割を超える伸びを見せたが、三十二年の後半からこの景気は冷え始めた。この不況は中華鍋の底を這うように長引くだろうという予想から、ナベ底不況と呼ばれるようになった。しかし政府はこれといった策を持たず、公定歩合を三厘ほど下げて様子を見ようというのである。

政治だけ平年作を下回り　小路

稲作は四年連続の豊作を伝えていると言うのに……。

倒れてもギター離さぬ勇ましさ　生

ロカビリー地団駄踏んで嬉しがり　いはを

ロカビリーとはロックンロールとカントリー・ウエスタンを合わせた合成語らしい。二月に第一回日劇ウエスタンカーニバルが行なわれ、ブームも頂点に達する。ハイティーンといわれる十代の若者たちを熱狂させ、失神する者も出る騒ぎとなった。その人気を引っ張っていたのは、平尾昌晃、ミッキー・カーチス、山下敬二郎などである。

テレビ塔賠償額と背比べ　柏秀

インドネシアとの平和条約に基づく賠償金と、建築中の東京タワーの三三三メートルの高さを比較したもの。東京タワーは十二月二十三日に完成する。

昭和三十四年（一九五九）

昭和基地でカラフト犬タロー、ジローが生存。メートル法施行。皇太子のご成婚。児島明子ミス・ユニバースに。伊勢湾台風。緑のおばさん誕生。国会乱入デモ事件。

冷え切った二匹の犬に尾を振られ　総一郎
犬の記事炬燵の猫は投げ出され　挑　喜
ハチ公に負けず待ってた犬に泣き　正　巳

南極観測隊第一次越冬隊が、前年二月に引き揚げる際に基地に残してきたカラフト犬十五頭のうちタロー、ジローの二頭が奇跡的に生存していた。この二頭は二歳のオスで、その若さが一年間の生存を可能にしたものと言われている。その後十年生きたという。昭和三十四年は明るいニュースから幕が開いて、この明るさは皇太子ご成婚へとつながってゆく。

宮内庁ここに始まる新学期　迂　兎
お二人をそっと置く日がやっと来る　寿南史
国民の選んだ人はウソをつき　尚　光

皇太子妃が民間出身ということで、それは頭の固い宮内庁の意識を変えることでもあり、皇室と国民の間がより近いものになっていくきっかけにもなった。またこの結婚パレードを茶の間で見ようと、テレビの普及も急ピッチですすんだ。皇居から青山の東宮仮御所までの沿道はパレードを一目見ようとする一〇〇万人の人垣に埋めつくされた。それを中継しようと民間放送のテレビ局の開局も相次いだ。そして皇太子の妹の清宮貴子の婚約も発表された。相手は日本赤十字社に勤務する島津久永である。その時のせりふが「私の選んだ人を見てください」で、これも流行語となった。

おもちゃ屋も機種決定を待ち構え　千一夜
お前らの知ったことかとロッキード　久

自衛隊の次期主力戦闘機の決定には、源田実空幕長を団長とする国防会議は次期主力戦闘機にロッキードF104Jを採用することに決めた。

お姐ちゃん売り出し才女売れ残り　風坊

ファニーフェイスなる奇妙な顔がもてた。団令子・中島そのみ・重山規子のお姐ちゃんトリオが、東宝映画のスクリーンで、へんなお色気でおじさんたちを攻撃した。才女時代を遠いものにした。

ニセ太子タクシーに乗りクジを買い　仙史
も一人の太子に太子苦笑い　保
モンタジュー写真ニセ札ほどは似ず　今日人

昭和三十三年十二月に、一万円の聖徳太子が発行された。偽札は高額紙幣ほど効率がいい。狙われない訳がない。年が明けるとあちこちでニセの聖徳太子が出没することになる。

週刊誌文士を焼いて煮て食わせ　高一
週刊誌通勤用と家庭用　寿南史

「週刊新潮は明日発売になります」というキャッチフレーズと谷内六郎の表紙絵で『週刊新潮』が発刊され、続いて『週刊文春』、『週刊現代』など出版社系の週刊誌が出揃い、週刊誌ブームを作り上げた。そのころ文藝春秋の社長であった池島信平は講演で「新聞社の週刊誌は輪転機の音がすると言ったが、週刊文春には編集者の足音がする」と言って、新聞社販売網に対抗する姿勢を見せた。内容の充実で出版社系は特長を見せるのだと強調した。

かぐや姫もうさぎもいない月となり
何事もなかったように月の顔　　まさお　頓通

ソ連が宇宙ロケットで月面着陸したのは九月十四日。日本では仲秋の名月を楽しむ時期である。月の兎もさぞや慌てたであろう。

九月二十六日の夜半に、中部地方に上陸した台風十五号は、のちに伊勢湾台風と名付けられたが、その被害の大きさは伊勢湾の高潮とも重なって死者五四〇一人（明治以後最大）、被害家屋五十七万戸、被害者一五三万人という大きな被害をもたらした（現代風俗史年表　河出書房新社）。被害は二十五都道府県にも及び、台風の激しさを物語っている。

少し横道へ逸れるが当時私は千葉県にいた。この数字に千葉県は含まれていない。被害が比較的少なかったからだろう。しかし個人的に、別の形で被害を受けることになった。

その年私は高校三年生（定時制）で、十月に修学旅行を控えていた。行く先は京都、奈良、伊勢で、二泊三日の予定である。被害というのは、伊勢神宮へのコースが中止になったということである。従っていまだに伊勢神宮をお参りしていない。

読売新聞の社説も、朝日新聞の天声人語でも、この被害の大きさは天災だけでは片づけられない、人災的要素も大きいと指摘している。読売は山林の荒廃や過去の災害の復旧の遅れなどを挙げ、朝日の天声人語は台風への直接的な手配、例えば避難勧告や命令を出さず、対応が後手後手になったことを指摘している。

台風のあとを視察で穴をあけ　古城人
台風にただウロウロとする政治　卓三
爪の跡飲んで唄って食う視察　勝

間接的な批判のほうがむしろどきっとさせられる。ここに政治の貧困、形式的な行政への批判があり、鋭い時事川柳の風刺の毒が感じられる。

昭和三十五年（一九六〇）

新安保条約調印。尾関雅樹ちゃん誘拐殺人事件。安保反対デモ国会に突入（樺美智子さん死亡）。岸内閣総辞職、池田内閣誕生。浅沼稲次郎社会党委員長刺殺される。J・F・ケネディ米大統領に。ダッコちゃん大流行。謝国権『性生活の知恵』ベストセラーに。

新年早々日米安全保障条約の改定交渉がまとまり、岸首相らが調印のために渡米する。羽田飛行場では全学連を中心とするデモ隊の座り込みの抵抗があったりしながらも、安保は無事調印される。安保問題の争点であった「事前協議」とか「極東の範囲」が、今もってよく理解できない。学生たちや労組の反対闘争も、樺美智子さんの死という大きな犠牲を払いながら、はっきりしたものが見えてこない。

ちぐはぐな派閥で安保歯が立たず　尚
全権の英語イエスでみんな足り　越天楽
極東の地図消しゴムで穴があき　洋陽
十九日息絶えだえにアイク待ち　越天楽

六月十九日には、アメリカ大統領アイゼンハワーが来日する予定だったが、警備上の問題があって中止になる。新安保条約は国会審議で宙に浮きながらも、この日で自然承認されることになっていたので、二重の喜びを味わえる筈だったが、花道は万全ではなかった。安保成立を待つようにして岸信介は引退を表明する。岸の引退を受けて、池田内閣が誕生する。

池田勇人は『寛容と忍耐』の政治信条を打ちだし『低姿勢』『所得倍増』など、岸時代とはガラリと変わったイメージで登場した。

この年のもう一つの大きな話題は三井三池炭坑の炭鉱闘争である。三井三池の労働争議のことの起こりは、前年会社が四五八〇人の希望退職者を募る再建案が提示されたが、三池炭鉱労組だけが妥結せず、会社側は一二一四人の指名解雇通告をする。組合はこの通告を返上する。これに対して会社はロックアウトを実施。組合側も一月末から無期限ストに突入する。しかし労組は分裂して第二組合を誕生させ、就労を再開する。その後両者は激しい衝突を繰り返し、警官隊が動員されるに到る泥沼闘争の様相を呈する。

三池山哀れ荒神山となり　修平
こうなれば月も三池の煙を待ち　汀
九州の月もどうやら丸くなり　鶴松

この闘争は十月末まで続き、中労委の斡旋で二八八日に及ぶ闘争もようやく幕を下ろす。
この争議の背景には、石炭から石油に変わるエネルギー革命の軋みと、高度経済成長へと進む谷間で起きた、歴史の払った犠牲である。
その高度経済成長のアドバルーンを揚げたのが、岸信介の後を襲った池田勇人首相である。ご承知のように池田勇人のブレーンには下村治がおり、所得倍増論をぶち上げ、安保闘争、三池闘争の暗いイメージの払拭に努めた。さらに寛容と忍耐による低姿勢の政治で、岸の高姿勢からイメージを一変させた。池田首相を誕生させるための駆引きが、自民党という小さなコップの中で行なわれたのはいつもの交替劇と変わるところはない。

総裁の首は舞台の裏で出来　剣児楼

三つ巴名古屋場所より息が切れ　昇月

次期総理三つ並んだ土手かぼちゃ　ぐったり氏

自民党の総裁の座を狙う実力者は、石井光次郎、大野伴睦、池田勇人の三人である。結局官僚派の池田が、党人派の二人を抑えて、戦後九人目の総理の座に就くことになる。

第一次池田内閣の目玉は「低姿勢」と「国民所得倍増計画」だが、もう一つの目玉は初の女性大臣中山マサの起用である。この辺に池田の並でない政治力を感じる。かつては「貧乏人は麦を食え」など失言騒ぎを繰り返したが、さすがに元官僚のそつの無さを見せた。

紅一点まじり二軍もハクがつき　六郎

大臣の一人だけ持つコンパクト　秋の月

女手も加えムギめし味を出し　三石

女性大臣一号に、川柳の視線は好意的である。

あれだけ世間を騒がした安保騒動も、池田内閣の寛容と忍耐の低姿勢政治に加え、所得倍増というにんじんをぶら下げたせいか、急速に収束していった。十一月に行なわれた選挙でも、二九六の議席を確保して幸先のいいスタートを切った。

平熱になって学生本を読み　えいじ
寛容と忍耐をしてカレー食い　不忘
姿勢より物価を低く願いたし　盛

さて自民党のライバルである、社会党に目を転じてみよう。昨年来、西尾末広の党批判に始まった内輪揉めも、年が明けて、西尾の民主社会党結成という形で結論を出した。そして社会党は三月の臨時党大会で、浅沼稲次郎を委員長に選出した。

新党の帽子お古で間に合わせ　紀代史
新委員長悪声ながらつとめましょ　TB生

十月に自民、社会、民社三党党首の立ち会い演説会が、日比谷公会堂で行なわれた。その浅沼の演説の最中に、舞台のそでから飛び出してきた右翼の少年に刺されて、浅沼稲次郎は死亡した。ほとんど即死状態だったという。犯人の山口二矢は十七歳の少年で、彼は獄中で自殺してしまう。

二台とは出ぬ機関車を惜しがられ　善通

チンピラに振り回される民主主義　圭一郎

日の丸を真っ黒にした十七歳　句柳

ビニール性のダッコちゃん人形が、四月に売り出された。空気を入れて膨らますと、両手で何にでも抱き着くようになっていて、その愛嬌のある顔もあってたちまち大流行した。この人形がどのくらい売れたのか製造元の社長の『だっこちゃん始末記』の一部を紹介してみよう。「だっこちゃんことウインキーの総売上げは、輸出も含めて、五五〇万個、約一億円である。純益は二百万円くらい。ところが、人はこの数字を容易に信じてくれない。（中略）素人が信用しないくらいだから、税務署が黙っているはずがない。私が外国に出た留守に、どやどやとやってきて、五年前の帳簿までひっくり返していった。（略）だっこちゃんについては、税務署がこのように、間違いないことを証明してくれたのだ。（中略）あれだけ氾濫しただっこちゃんだが、今年の夏は全く見かけなかった。淋しいといえば淋しい。だが、おもちゃ屋をのぞいてごらんなさい、さまざまな形を変えただっこちゃんが所狭ましと並んでいるのをごらんになれるだろう……。」（『「文藝春秋」にみる昭和史』第二巻）

おんぶした日本の腕にダッコちゃん　洋陽

昭和三十六年（一九六一）

『風流夢譚』事件。ソ連ボストーク1号地球一周。韓国軍事クーデター。釜ケ崎で暴動。ベルリンの壁構築。四日市市で喘息患者多発。坂本九の『上を向いて歩こう』が流行。柏鵬時代到来。

暮れの二十九日から降り始めた日本海側の雪は、一〇〇本の列車を立往生させ、十五万人の乗客が車中で新年を迎える年明けとなった。そんな中で所得倍増内閣は、順調に滑り出した。岸の政治の時代から、経済の時代への転換と池田は世論を誘導していった。

そのせいか国内での政治的な大きな動きはなかったが、海外で気になる出来事や事件があり、川柳子も関心の眼をそちらに向けている。

新年早々に外電に飛び込んだのは、キューバとアメリカの国交断絶のニュースである。

アメリカへすがる政府に蹴る政府　天馬

アヤツリの糸はキューバの海で切れ　史郎

そしてケネディー大統領が就任。お隣の韓国では軍事クーデターがあり、ベルリンには西側への難民流出を防ぐために、東西に分ける壁が築かれた。

お隣の騒ぎ静観する無策　誰　袖
春物の一掃ソウル派手にやり　障　子
ベルリンも行司がほしい西東　松　美
ベルリンを火薬庫にして火種吹き　元　蔵

昭和二十三年、ソ連はベルリン封鎖を始め、いわゆる鉄のカーテンを引く。その後の米ソの関係を冷たい戦争とも言い、冷戦という言葉まで流行らせた。米ソの冷戦は核や兵器を競うばかりではなく、空より高い宇宙でも国力の優位をアピールした。

宇宙船あげた片手でサケ押え　清　一
アメリカとソ連空でもイヌとサル　誰　袖

米ソの雪解けに一役買おうと、ケネディーとフルシチョフがウィーンで会談するが……。

イワンの馬鹿につられてジョンもバカになり　信　男

ミズリーからヨットに移る十五年　　満丸

国内の話題に戻す。表現の自由についての争いは、昭和二十五年に始まるチャタレー裁判が皮切りになる。結局被告の有罪が確定するが、同じ翻訳が文庫本になっているのだからおかしな話である。前の年の『中央公論』十二月号に掲載された深川七郎の『風流夢譚』は、過激な表現で話題を集めた。そして三島由紀夫の小説がモデルで問題になった。

風流を左は笑い怒る右　　清香
告訴されてから小説売れ始め　　荒紅男
宴のあと腹を立ててる泣き上戸　　孝太郎

三島由紀夫の小説『宴のあと』のモデルとみなされた元外相の有田八郎が、プライバシーの侵害であると、東京地裁に提訴した。四十一年に和解が成立するが、これは私生活についての新しい問題提起であると話題になった。またプライバシーは流行語にもなった。

武見太郎率いる日本医師会と日本歯科医師会は、医療費値上げで厚生省と対立して、医師会は保険医総辞退で抵抗するという騒ぎになった。

休診をカサに政治の脈を取り　ひろし
人命の上に医師会座り込み　とし路
重患になっているのはお医者さま　久雄

と医師会には厳しい見方をしている。こうした争いには常に弱者が利用され犠牲になってしまう。
自民、民社の強行採決で農業基本法が可決される。この法律は農産物の流通機構の改善と、自立経営農家の育成を謳っている。実際には小規模農家の切り捨てにつながり、農業を諦めて離農する農家が増え、過疎を促進させ、三ちゃん農業を出現させるもととなった。

農基法甚六だけが桶かつぎ　行
甚六に先祖を口説く農基法　英峰

昭和三十七年（一九六二）

常磐線三河島駅で列車衝突事故。サリドマイド系睡眠薬出荷停止。堀江謙一がマーメイド号で太平洋単独横断に成功。ケネディ米大統領キューバ海上封鎖。人づくり政策が始まる。テレビ受信契約一千万突破。「無責任時代」植木等人気。

日本の高度経済成長は、自動車産業が引っ張ってきた。車を走らせるために道路を整備し、高速道路を日本全土に張りめぐらせた。ものが動き、人が動き、お金が動いた。昭和四十年ごろ、乗用車の生産が、バス・トラックの生産を逆転した。そのあたりから、日本のモータリゼーションが本格化してくる。マイカー時代へ突入したのである。自動車が多く走れば当然事故も増えてくる。道路整備も完全でなかったので、当然交通渋滞も起こり、あちこちでトラブルが発生する。

日本における自動車生産は昭和三十五年頃から伸び始め、五十年頃ピークを迎える。交通事故もそれに追従するように増えてくる。昭和二十五年に九三二二件だったものが、三十五年には四四九九一七件にもなっている。十年でじつに五倍近い増加である。

交通戦争という言葉がいつ頃から言われ出したか不明だが、昭和三十六年あたりから新聞の社会面で、交通事故関係のニュースが急に多くなっている。毎日のように新聞の社会面では、交通事故の悲惨なニュースを伝えている。

国道をエンエン駐車場にする　仁

松の内車も路に寝てズラリ　秀秋

終戦のない戦争で子は戦死　豊平

交通戦争へ無免許で参加する　三保

老人と子供が戦死するイクサ　秀治

交通事故が日常化して、いまだに終戦に到っていない交通戦争である。事故関連の出来事と言えば、三河島列車衝突事故を挙げなければならない。

五月三日夜九時三十七分頃、常磐線三河島駅を通過した貨物列車の運転士が信号を見誤り、通行止めの砂盛線に突入して脱線。そこへ隣の線の下り電車、さらに並行した上り電車とつぎつぎと折り重なって二重衝突を起こす（読売新聞五月四日付け号外）。死者一六〇人、重軽傷三九六人の大惨事となる。

国鉄のシグナル赤が青に見え　利男

大胆なのは国電で居眠りし　茶里坊

三河島線路に盆の灯もとぎれ　光男

事故以外でも恐いものが生活周辺に出始めた。米ソは競うようにして核実験を行ない、原水爆禁止世界大会では、社会党系と共産党系が対立、サリドマイド禍も一つの警鐘であり、洗剤による環境汚染も深刻化してきた。

下駄あずけごっこで暮れる核停止　東母

核実験停止にするは会議だけ　長命
米ソには耳の日がない核停止　赤ランプ
排気ガス一千万の鼻の穴　進行
洗剤を洗う洗剤ほしくなり　忠孝

高度経済成長に伴い、学生の就職活動も売手市場となって、入社試験は十月一日以降という申し合わせも何のその、企業は優秀な学生を確保しようと、夏休み前から採用を決める企業もあった。これを青田買いにならって青田刈りと称した。

台風が来ぬ間に大学青田刈り　阿漕
青田刈り済んでクズだけ登校する　一郎

流行語といえば植木等主演の映画「ニッポン無責任時代」がヒットする。この映画の中で植木等は「いいからいいから」を連発して、無責任時代の先頭を突っ走る。

責任者不在無責任者反り返り　一茂
責任はどんどん汽車の棚に乗せ　正行

無責任時代大臣までかぶれ　一郎

七月一日に第六回参議院議員選挙が行なわれ、この時全国区でトップ当選をしたのが、NHKテレビ『私の秘密』で人気のあった藤原あきである。公明政治連盟は全員当選を果たすなど話題の多い選挙であった。この後の第二次池田内閣の科学技術庁長官には、二人目の女性大臣近藤鶴代が入閣。話題作りの上手い総理である。

公約は七月二日より無効　乙比古

選挙が終われば待っていたように公共料金の値上げが取り沙汰される。まずは私鉄が首を長くして待っていた。

この秋へ私鉄の首は長くのび　東天児
景観の秋へ値上げが手をひろげ　波里

八月十二日、アメリカ・カリフォルニア州サンフランシスコの港に、堀江謙一のヨット・マーメイド号が入港した。ヨットによる太平洋単独横断の成功である。

宇宙船に負けじヨットは突っ走り　阿漕
巡視船まいてシスコで快気焰　武雄

昭和三十八年（一九六三）

三池炭坑爆発事故。吉展ちゃん誘拐事件。狭山女子高生殺害事件。松川事件の被告全員無罪確定。吉田石松老五十年ぶりに無罪を獲得。大河ドラマ『花の生涯』放映。「巨人・大鵬・玉子焼き」流行語となる。

この年の出来事の中で、戦後間もなく起きた事件の最終判決が幾つか出ている。中には五十年ぶりに無罪を勝ち取ると言う劇的な判決もあった。順番に追ってみたい。

二月二十八日名古屋高裁は、大正二年八月十三日におきた、繭商戸田亀太郎さん強盗殺人事件の被告、吉田石松に対し無罪の判決を言い渡し、五十年にわたる冤罪裁判にピリオドを打った。その日の読売新聞夕刊の社会面はこの記事で埋め尽くされている。

吉田石松が逮捕された経緯は、主犯としてすでに逮捕されている海田庄太郎、北河芳平の偽証によるもので、第一審では死刑。その後無期懲役に減じられたが、獄中でも無罪を叫び続け、昭和十年仮釈放になってからも、無罪を主張し続け、五度目の再審で五十年ぶりの無罪を勝ち取った。

五十年目万歳にテレビもらい泣き　魚堂
判決に一言詫びも入れてよし　陸朗

この日の読売の夕刊は「誤判わびる人情裁判」というタイトルをつけて事件のいきさつを解説している。「判決は予想どおり無罪だった。この点では『再審無罪』の定説は崩れなかったといえよう。判決で注目されたのは『疑わしきは罰せず』という『灰色』無罪ではなく、はっきり『えん罪』を認め「わが裁判史上かつてない誤判をくりかえし」たことを率直にわび、被告人というに忍びず吉田翁と呼びその吉田翁の余生に幸多からんことを祈念する」とまで述べている。一種の人情裁判といってもいいだろう。裁判長はその結論で、本件は三人共謀の事件ではなく、二人による犯行だと述べており、事件は五十年目に全面的に書換えられることになった。」

この年十二月一日に、吉田石松は安心したのか、亡くなってしまう。九月十二日には最高裁判所第一小法廷で、再上告棄却の判決が出て、松川事件の被告全員の無罪が確定した。

昭和二十四年東北線金谷川～松川間で、上野行き旅客列車が進行中、機関車が転覆して、機関士一人と助手二人が死亡。乗客も三十人が怪我をした事件である。間もなく、当時首切り反対闘争中の国労組合員と、東芝労組などから二十名が逮捕された。一、二審有罪、最高裁の差し戻し判決以後、仙台高裁は無罪判決。

検察側が上告したが、ここではじめて無罪が確定した。その間、宇野浩二や廣津和郎など文化人が、この裁判を批判する文章を発表するなど話題を集めた。

松川も待ちくたびれた十四年　茂男
無罪判決実質十四年の刑　宇九郎

松川裁判について書いたものは多い。私の手元にも何冊かある。世に出ているのはその数倍はあると思う。廣津和郎の他には松本清張のものがある。私がいちばん心を動かされたのは『諏訪メモ』と言われる、無罪判決を勝ち取るきっかけとなったメモを残した、諏訪親一郎の『誰かがウソをついている』である。憶測のない文章には説得力がある。

この他白鳥事件の判決、砂川事件の判決があり、どちらも上告棄却で有罪が確定した。

事件に眼を移せば、まず吉展ちゃん事件が思い出される。この事件の概略はこうである。

三月三十一日夕、東京都台東区の工務店経営、村越繁雄の長男、吉展ちゃん（当時四歳）が、自宅前の入谷南公園で行方不明になった。四月二日になって身代金五十万円を要求する脅迫電話がかかり、七日午前一時過ぎ、八回目の電話で近くの品川自動車前まで持ってくるよう指示。母親の豊子が犯人の指示通り、駐車中の車の荷台に現金を置いた後、捜査員が到着したが、現金は奪われ、犯人も逃げた後だった。

警視庁は録音された犯人の脅迫電話の声を公開するが、捜査は難航。四十年三月、四人の専従捜査班を残して捜査本部は解散。同年七月、重要容疑者の小原保元の再度の取り調べの結果、犯行を自供。吉展ちゃんは誘拐直後に絞殺されていた(『戦後史開封　昭和三十年代編』扶桑文庫より)。従ってこの年にはまだ犯人も逮捕されず、遺体も発見されていなかった。事件は迷宮入りしたまま、年を越すことになる。

もう一つ悲惨な事件として忘れられないのが、狭山事件である。埼玉県狭山市の高校一年生が下校途中で行方不明となり、家族らが探しているところへ、身代金二十万円を要求する脅迫状が届いた。その後犯人は指定された場所に現われたが、警察の不手際で逮捕することが出来なかった。捜査の結果、近くの農道に埋められた被害者が発見される。のちに石川一雄が逮捕され、犯行を自供するが、裁判の過程では否認した。彼は無実を訴えて再審を要求した。彼が被差別部落出身ということで、自白の強要とか差別が問題にもなった。

狭山茶を飲みすぎ刑事眠られず　武雄

狭山では捕まえてから縄をない　信男

この事件もすっきりしないまま世の中から忘れられていった。

五日制小遣いがいりやめにする　丸俊

千葉県の加納知事は週休二日制を実施したが、自治省から横槍が入り二週間で中止になった。理由は週四十四時間と決められた地方公務員法違反とか。

そしてケネディーが凶弾に倒れた。

衛星で悲劇中継するむごさ　三尾

凶弾の弾道神にすべもなし　信也

ライフルで底を抜かれた兜町　邦夫

それでも今年は終わり、新しい年を迎えることになる。

釣銭が少し手に乗り除夜の鐘　栄坊

除夜の鐘この数だけが正常化　治

昭和三十九年（一九六四）

ライシャワー大使右腿を刺され負傷。新潟地震。東京都水不足。義宮・島津華子結婚。東海道新幹線開通。東京オリンピック開催。阪神タイガースリーグ優勝。池田勇人内閣総辞職。佐藤栄作内閣成立。ウルトラC。映画『愛と死をみつめて』ヒット。

昭和三十九年と言えば、やはり東京オリンピックの年として、記憶されている人が多いだろう。今から四十五年前である。アジアで初めての、この国際的イベントは、当時としてはたいへん盛大かつにぎやかなものだった。世界中の関心を集めて行なわれ、たくさんのエピソードを残している。

お家芸の柔道の無差別級では、オランダのヘーシンクが優勝して、柔道が文字通り国際化したことを印象づけた。マラソンではエチオピアのアベベが、ダントツの強さを見せて優勝した。日本の円谷選手も国際競技場へ二位で入ってきながら、観衆の目の前でヒートリーに抜かれてしまったが、立派な銅メダルと言っていいだろう。体操競技のチャフラフスカの美技にも、ため息を洩らしながら拍手を送った。日本選手の活躍の中で国を挙げて応援したのが女子バレーである。ライバルソ連を倒し堂々の金メダルだった。

参加国九十四、競技は二十種目で、日本の獲得メダル金十六、銀五、銅八の成績である。

金メダルたぬき十五個まで算え　安宏

捕らぬ狸の皮算用もときには楽しいもの。ただどうしても甘くなってしまうのは、身贔屓という欲がでてしまうからだ。その結果はどうだったかというと、金メダルは十六個だったから、少し控え目な狸だったようである。

近づくは期日遠のくのはメダル　秋骨
リハーサル日の丸ばかりよく揚がり　康
鯉ノボリ立てたいような日本晴れ　基夫

となって開会式は秋晴れの下で行なわれ、さらに

モリモリと若さうずまく開会式　伊勢男
幕開きは金銀銅の顔ばかり　木念人
金を取れ銀銅つかめガンばって　化石

となる。出征兵士を送り出すような勇ましさがあり、そんな錯覚を覚えさせるではないか。
開会式に出席した井上靖が印象記を詩にまとめて、当日の晴天を「日本列島は千二百年の秋晴れです」と

書いている。「千二百年」とは長い時間を示す抽象的な表現とか。石川達三は「日本の秋晴れ。……この日はまことに美しい秋晴れだった。航空自衛隊機が空にえがいた五色の輪が、夢のように美しかった」と。ついでに三島由紀夫にも登場してもらう。「オリンピック反対論者にも理はあるが、きょうの快晴の開会式を見て私の感じた率直なところは『やっぱりこれをやってよかった。これをやらなかったら日本人は病気になる』ということだ」。いずれのペンも賛辞を惜しまない。

日本語もオリンピックへ仲間入り

忠孝

柔道がオリンピックの種目に入るのは、東京大会からである。柔道着もそのままならば、使われている用語も日本語である。国際競技で日本語が公式用語となるのはこれが初めてではないだろうか。

ナデシコが魔女になる日をみんな待ち

鶯渓

女子バレーへの期待は、それまでの成績からも大きな期待を背負わされての参加である。東洋の魔女と言われて、最強のチームを誇っていた。結果は期待通りの金メダルを手にすることが出来た。大和なでしこが東洋の魔女に変身したのである。回転レシーブは、東洋の魔女の取って置きの武器であった。そして、

五輪熱さめてニッポン寒くなり　花寿美
勝つということは戦争より疲れ　芳朗
一秒を競ってるまに世は変わり　芸坊

九月の始めに池田首相が入院騒ぎとなった。オリンピックの開会式には、病院を抜け出して出席したものの、十月二十五日には辞意を表明することになる。そして十一月九日に全閣僚留任で、佐藤栄作内閣が誕生する。池田は入院中も代理を置かず、オリンピックが終わるのを待って退陣表明をする。

オリンピック前に話題を移せば、六月十六日の新潟地震がある。新潟市を中心に被害が広がったが、死者二十六人、全壊・全焼家屋二二五〇戸。昭和石油タンクが爆発し、十五日間炎上を続けるなど被害が広がった。

歌のない新潟にして地震やみ　道くさ
新潟のビルは地震に逆らわず　今日人
ゴマかしの工事ナマズに見破られ　幸吉

新潟地震で被害の大きかったのは、新しいビルや橋などである。近代都市の脆さを露呈した形になったが、あいも変わらぬ手抜き工事が噂された。

東京の水を越後で飲むうまさ　風太郎

東京から水が送られたという美談があった。しかしその直後東京は水不足に悩まされる。八月四日付読売新聞の一面には「あと十五日で底つく四次制限を検討」と東京都の深刻な水不足を報道している。しかし八月八日には「五次制限回避へ全力」と、水不足も改善の兆しが見えてくる。河野建設大臣の鶴の一声で荒川からの取水が行なわれたからである。ちなみに四次制限は十五時間の断水だから、都民の生活も深刻な状態だったのである。

都民税水も出ぬほどしぼり上げ　湖三
洪水のニュース見ながらノドかわき　けんじ
強盗はまず台所で水を飲み　清志

川柳子も手の打ちようがない東京の渇水状況で、東京砂漠なる言葉が流行した。小林信彦は『現代〈死語〉ノート』で、この言葉を死語の中に加えているが、別の意味で今でも生きている。その後の東京の変わりようは、昔っからの江戸っ子を嘆かせるものになる。

そしてこの水不足を解決したのは、九月に入ってからの台風だというから、人間の知恵も力も自然の前

には、役立たないことを知るだけである。そして、

秋晴れて小河内ダムに肉がつき　一利

となる。「肉がつき」が実感されるのは、それだけ東京の水不足が深刻だったからである。これで都民ばかりでなく、日本中をほっとさせたのである。

そして十月一日に東京・新大阪間の東海道新幹線が開通する。東京、大阪間が四時間で結ばれたのである。新幹線時代の幕開けとなるのだが、そう簡単には行かなかったようである。

超特急景観を変え事故を変え　与四郎
新幹線やや長城の愚に似たる　鶯渓
ガラガラの特急軽くよく走れ　素水

とあまり歓迎されていないようだが、高速道路の整備とあいまって、日本は高速時代の波に乗ってくる。新幹線は心配したほど大きな事故はなかったが、ハイウェーでは事故が多発している。その後さまざまな問題を提起しながら、日本のモータリゼーションはひたすら突っ走っていくのである。

お隣の意地悪ジイさん灰をまき　誰袖

十月十六日お隣の中国では、初の原爆実験に成功した。毛沢東が意地悪じいさんになって、枯木に花を咲かせようとしたが、砂漠にはきのこ雲が昇っただけである。

見せる肌ほどではないにトップレス　邦久

トップレスとは、胸部を細い紐でたすきのようにしただけで、乳房を露出させる水着のことである。トップレスなど今時驚かないが、今から四十五年前の一般的な美意識は、まだまだ、人前で女性の乳房を露出するファッションを許すほど、寛大にはなっていない。

二の舞を踏むなと兄キ気をつかい　啓介

国立がんセンターに入院した池田勇人首相が退陣を表明してから、後継者争いが熾烈になったが、結局、全閣僚を再任して、佐藤栄作首相に落ち着いた。兄岸信介の教訓を生かしてか、戦後の内閣では最長不倒距離を樹立するなど、安定した政治運営をした。朝日新聞十一月十日の天声人語では、美男首相として紹介している。いよいよ団十郎の登場である。

第二章　高度経済成長期

——昭和40年〜48年の第一次オイルショックまで

昭和四十年（一九六五）

日韓条約成立。朝永振一郎ノーベル物理学賞受賞。吹原産業事件。池田勇人前首相死亡。野村克也選手三冠王達成。米軍北爆開始。プロ野球ドラフト制実施。

この年の初場所から大相撲は、部屋別総当り制を実施した。それまでは部屋は別でも、同門の力士同志の取り組みはなかったので、歴史の古い大部屋力士に有利であった。そんなことから相撲人気が低下してゆき、その対策として部屋別総当り制が実施されたのである。これは同じ部屋の力士以外は取り組みの対象となる制度で、取り組みに変化を持たせるようにしたのである。しかし相撲人気は、以前のように人気を独占することが出来ず、日本の国が経済的に豊かになるのを待つしかなかった。

総当り砂つかませて恩返し　勝郎
総当り貸し借りばかり気にかかり　孤笛
貸借がチトややこしい総当り　字九郎

池田前首相は「寛容と忍耐」と言って国民に忍耐を強いながら、約束の所得倍増計画半ばで、佐藤栄作にバトンタッチされる。その佐藤首相のキャッチフレーズは「寛容と調和」である。高度経済成長のための忍耐ではなく、調和のとれた経済成長ということだろうか。

国民と調和のとれぬ好い政治　誰袖

沖縄は忍耐中共は調和　酔笑

寛容と調和に負けて倒産し　泰水

倒産した会社はどこかというと、山陽特殊製鋼という会社である。三月六日に会社更生法の適用を申請した。負債総額四八〇億で、戦後最大の倒産と騒がれた。

小の虫殺し大の虫更正法　孝

すがりつく子会社更正法で蹴り　今日人

デカイのは助け小さいのはつぶし　隆太郎

オリンピックの余韻を冷ましたのはベトナムである。ベトナムに内戦が始まるのは、昭和三十年ごろからで、アメリカが介入するのはそれから五年後。南ベトナム民族解放戦線が、米軍基地を襲撃したことへの報復として、アメリカが北爆を開始したのが、この年の二月七日である。その後ベトナムの内戦は、アメリカを交えて泥沼と化す。

ベトナムの餅をアメリカこねそこね　秋骨
ベトナムの煙が富士の裾を巻き　貞雄
ベトナムの救急箱になる日本　乳助

アメリカ軍に基地を提供する日本も、無関係ではなくなる。そして小田実、開高健、鶴見俊輔らにより「ベトナムに平和を！　市民文化団体連合会」略して「べ平連」が組織される。

日韓条約が成立した。昭和二十七年から十四年間の交渉の末、六月二十二日に正式調印され、ようやく日韓の戦後にけりがついた。のちに慰安婦問題が再燃したけれど、日本政府はこの条約で保障問題は解決したとしている。なおこの条約の批准承認国会は荒れに荒れた。

批准デモこちらは秋の満を持し　芝水
国会のナイター馬鹿な打撃戦　久仁雄
輪になって議長を守る議会主義　靖広

その結果、その他の法案は、審議未了のまま国会を終わることになった。

最敬礼している方が雇い主　三九

集団でストのタマゴが上野着　のぼる

中卒が集団就職列車でやってくる。やがて金の卵といわれ、高度経済成長を支えていくようになる。

ハエ叩き片手に火星仰ぎ見る　健郎
人口とハエなら東京世界一　春三
ネズミ算なるほどスゴイ夢の島　色香

東京湾は各地からのゴミで埋め立てを進めたため、一時蠅の大軍が発生したり、ネズミがネズミ算式に増え、さらに悪臭が漂うようになり、夢の島のイメージには程遠いものになった。

王者にもジンクスがありヒゲのばし　剣人
ズバ抜けた脳ミソ日本二つ持ち　浦之助

明るいニュースで締め括りたい。
まず朝永振一郎博士にノーベル物理学賞が与えられ、ファイテング原田はフライ級に続き、バンタム級のタイトルもとって二階級を制覇した。

昭和四十一年（一九六六）

早稲田大学学園紛争。全日空機、BOAC機など空の事故相次ぐ。日本の人口一億人突破。千葉チフス事件。田中彰治代議士逮捕。ビートルズ来日。国会黒い霧解散。

学費値上げ反対に端を発した早稲田大学の騒動は、明けて一月十八日から無期限ストに突入した。一部の学生は大学本部を占拠して籠城。大学側は警察官を導入して学生を排除した。私服警察官が見守る中で、入学試験は行なわれる。一方で、学生による自主卒業式が行なわれるなど、六月末まで混乱が続いた。

銅像も口をへの字にスト嘆き　友一
大学の自治はお巡りさんが要り　風柳史
西北のストも夏負けして終り　日出夫

航空機事故が四回もあった。二月四日午後六時五分、千歳空港を飛び立った全日空機ボーイング727型ジェット旅客機は、七時一分に千葉上空で連絡して間もなく、東京湾に墜落した。乗客、乗員一三三人全員が死亡した。三月四日夜八時十五分頃、カナダ太平洋航空のダグラスDC8型ジェット旅客機が、濃霧のため羽田空港の防潮堤に激突して炎上。乗客、乗員六十四人全員が死亡した。三月五日羽田発のBOA

C機が富士山上空で乱気流にあい、空中分解して墜落。乗客、乗員一二四人全員が死亡した。連日の航空機事故である。

十一月十三日夜、松山空港で、YS11型機が着陸に失敗して、乗客、乗員五十人が死亡した。事故機は戦後初めての国産機だったことから、関係者にかなりのショックを与えた。

東京の灯を目の前にして無惨　三木夫
日本の空で特攻機と変わり　雨　陽
陸海空どれに乗っても戦時なみ　ひろ子
七十五日たったそれだけ待てぬ空　三紀生
ハネムーン死ぬと法律他人にし　香　雲

航空機事故が続いたためかどうか、羽田に変わる国際空港が、千葉県成田市の御用牧場のある三里塚に決定した。政府の一方的なやり方に地元農民が反発、その後の対応の不味さもあって、開港後もいざこざが続いた。

三里塚メートル法でお買い上げ　香　雲
花よりもダンゴ身売りの三里塚　誰　袖

三里塚馬にも反対させたがり　キヨカ

交通関係をもう一件。国鉄運賃の値上げである。今まで最低料金十円だったのが、二十円へと倍額になる。そして七月には、郵便料金の値上げが追いかけてくる。

警官も呼ばず国鉄値上げする　けいじ

値上げしたサービス依然尻を押し　正二

郵政省までが故郷遠くする　力蔵

この時の郵便料金の値上げで、ハガキ七円、封書十五円、速達五十円となった。半端の数字は次の値上げを催促しているようでもある。郵政省は同時に、ハガキのサイズを少し大きくするサービスをしている。日本が事故と値上げで騒いでいる頃、お隣中国でも、文化大革命の嵐が吹き荒れていた。八月十八日の天安門広場での文化大革命勝利祝賀会には、百万人の紅衛兵が集まった。

紅衛兵とは、中国の文化大革命において、党内実権派批判の担い手として、毛沢東の直接の指導によって組織された青少年の組織（大辞林）である。旧風俗、旧習慣の打破を要求して、街頭に進出して活動を続け、国際的に話題となった。

紅衛兵何でも通る面白さ　色眼鏡

紅衛兵十七歳を羨ませ　邦夫

二十歳にも満たない若者が、大きな国を大きく変えたのである。そして日本の若者たちは、エレキギターのボリュームをいっぱいに上げ、ハイテンポのリズムにしびれていた。ビートルズはそんな日本にやってきた。

ビートルズなどにゃシビレぬ紅衛兵　盛

ビートルズ税務署もまた待ちこがれ　昭司

ビートルズ骨まで抜いて羽田発　久弥

若者の服装も変わり、膝上十センチのミニスカートが流行りだした。若い女性が、この活動的なファッションを見逃すことはなかった。またたく間に膝小僧が街を闊歩した。その後ミニスカートは、若い女性の考え方も開放的にしてゆくのである。

膝上の長さ楽しい春の風　晃

ヒザ上にだんだん上がる自衛力　障子

生地高で妻もヒザ上十センチ　力蔵

荒船清十郎は第三次佐藤内閣で運輸相となるが、自分の選挙区にある、埼玉県深谷駅に急行を停めさせて問題になった。わずか二カ月で運輸相のポストを追われるはめとなる。
そして、国会の爆弾男の異名のある、田中彰治が逮捕され、そのマッチポンプぶりが明らかになる。さらに共和精糖不正融資事件、東京大証事件など、政界は黒い霧に包まれ、十二月二十七日国会を招集、即日解散される。のちに黒い霧解散と言われるものである。

急行を止めて大臣途中下車　光雄
大臣のコロモまとった恐喝屋　けいじ
黒砂糖みんな仲よく舌を出し　紫水

昭和四十二年（一九六七）

第三十一回総選挙で自民党得票率が五十％を割る。東京都に美濃部亮吉革新知事誕生。ユニバーシアード東京大会。羽田学生デモ事件。吉田茂元首相死去。都電廃止始まる。グループサウンズブーム。

戦後何回か衆議院は解散されているが、いずれも俗称が付けられていて、それを言うだけで、何年の、総理大臣は誰で、どんな事情で解散したのか、瞬時に分かるようになっている。これもマスコミの知恵だろうか。

戦後初めての解散は、昭和二十年十二月の幣原内閣時であるが、この時の解散は『GHQ解散』と言われている。その後新憲法下では、昭和二十二年の『新憲法解散』、二十三年の『なれあい解散』、二十七年の『抜き打ち解散』、二十八年の『バカヤロー解散』、三十年の『天の声解散』、三十三年の『話し合い解散』、三十五年の『安保解散』、そして三十八年には『ムード解散』となっている。昭和四十一年十二月二十七日の解散は前出の『黒い霧解散』である。

一月の総選挙では、自民党は二七七（その後無所属当選者を加えて二八〇となる）の議席を確保したものの得票率では、五十パーセントを下回る結果になってしまった。これは黒い霧事件による世間の批判をまともに受けた結果である。

霧晴れず初陽も四方には輝かず　知子
与野党の目クソ鼻クソ笑い合い　紅文
何とまあ違反の数も多党化し　正一

この時公明党が初めて衆議院に当選し、民社党も議席数を増やして、多党化の兆しを見せ始め、保革伯仲も言われ始める。

候補者に勿体ない票山で散り　田子作

冬山の事故も相次ぎ親を悲しませた。

事故と言えば交通事故、特に高度経済成長を引っ張って建築事業を支えた、ダンプカーが狭い道路を我が物顔で走っていた。

ダンプよりこわい候補者の口車　健三
紅衛兵とダンプ狂気と凶器の差　太郎
遊び場のない子にダンプのしかかり　不染

と、怖い車ばかりが走っていた。交通事故はその後無くならないが、ダンプカーによる交通事故のニュースが多いのは、公共事業による建築ラッシュが背景にある。道路整備の遅れも見逃せない。事故の犠牲者が小さな子どもであることも、悲惨さを増幅させている。

再び選挙に戻れば、この年四月に統一地方選挙が行なわれ、首都東京に初めて革新知事が誕生した。候補者の決定には、各党とも候補者を絞り切れず二転三転した。伏魔殿といわれた都庁の舵取りの難しさもさることながら、落選した場合のダメージの大きさなどを考えれば、誰しも二の足を踏むだろう。

都知事選大物順に逃げまわり　恒夫
都知事選二人三脚足もつれ　馬風
都知事選芸能人も真っ二つ　力蔵

選挙は、自民・民社推薦の松下正寿と、公明党の推す阿部憲一を加えての三つ巴戦となった。芸能人の応援合戦も見ものであったが、結果は、松下正寿に十四万票の差をつけて、美濃部亮吉が当選する。

黒砂糖舐めた順から離党する　政吉
砂糖アリが一匹出ておわり　江利亜

共和精糖不正融資事件は前の年事件が発覚して、黒い霧の一画でもあった。噂された人も何人かいたが、社会党の相沢重明参議院議員が取り調べをうけた時に、党中央執行委員会を除名されただけである。

新貨出ても百円亭主には同じ　いさお

百円じゃ亭主蒸発したくなり　呆三

百円硬貨が登場するのは昭和三十二年で、この時の絵柄は鳳凰である。昭和三十四年に稲穂になり、昭和四十二年に現在の桜の花に変わる。この時は絵柄ばかりでなく、硬貨の質もニッケルに変わったのである。つまり百円の価値は変わらないまま、製造コストを下げたのである。従って百円亭主の実質的な価値も下がったことになる。この頃百円亭主が流行語となった。百円亭主とは、一日の小遣いが百円しか貰えない人のことである。

昭和四十二年頃の物価を調べてみると、国鉄の初乗り運賃が二十円。封書郵便(定型二十五グラムまで)十五円、葉書が七円である。アンパンが十二円となっている。因に公務員の初任給は二五二〇〇円である(週刊朝日編『戦後値段史年表』朝日文庫)。結婚する頃にはもう少し給料も上がっているはずだから、月三千円の小遣いは気の毒な気もする。

一日百円だと煙草(両切りピース十本入一箱四十円)を買って、週刊誌(六十円)を買うとコーヒーも飲めず、ましてや帰りに一杯などは到底無理な話である。国民生活研究所の調べによると、首都圏の団地サラリーマンの平均的小遣いは、二六〇円だったというから、実際はもう少し豊かかな? 小遣い事情だったようである。

沖縄へ行きベトナムの荷を担ぎ　十佐一

沖縄は日本に返還されないまま、ベトナム戦争の重要な基地の役割を果たしていた。

原爆忌平和の花火三色あげ　丸さん

核禁止ドームは一つ会三つ　江利亜

毎年八月六日には原爆慰霊祭が行なわれているが、これも三つに分かれて行なわれるようになった。広島市が主催している原爆死没者慰霊式平和記念式と、原水禁国民会議（社会党・総評系）と、日本原水協（共産党系）の三つが、それぞれ場所を変えて花火を揚げていた。

文鎮でチンチン電車なつかしみ　忠三

都電は道路の混雑の原因の一つにされ、昭和三十六年頃から廃止や撤去の検討が始まり、東京オリンピック開催に地下鉄工事が本格化してきた。この年の十二月に銀座線他九路線が廃止された。撤去された線路が、記念として文鎮にされてしまったのだ。

昭和四十三年（一九六八）

東大紛争。金嬉老ライフル乱射事件。小笠原諸島返還。郵便番号制度導入。日本初の心臓移植手術を行なう。江夏投手奪三振年間四〇一のプロ野球新記録を達成。メキシコオリンピック。川端康成ノーベル文学賞受賞。三億円強奪事件。

前年の十一月に小笠原諸島の返還が決定していたので、一月一日の読売新聞の時事川柳欄には、

初日の出小笠原までオメデトウ　三木夫
小笠原一番乗りはパチンコ屋　隆次

と祝砲を上げている。そして六月二十六日に、東京都小笠原村として七夕参院選にも間に合い、無事に日本復帰を果たす。

学生運動がエスカレートして、一月一九日にアメリカの原子力船エンタープライズが、佐世保に燃料補給のために入港。反対学生が外務省に乱入。二十九日には東大医学部学生自治会が、医師法改正に反対して無期限ストに突入。十七人の学生処分の発表にさらに紛争が拡大していった。

医学部学生処分問題は、六月十五日には全学共闘の学生等の安田講堂突入を招き、機動隊の導入で紛争

はさらにエスカレートしていき、大河内総長の辞任へ発展した。ふとった豚も痩せたソクラテスも、対立の渦の中でもみくちゃにされてしまった。その後紛争は解決の糸口がつかないまま、次年度の入学試験は中止となった。

四月には日大の経理に二十億円の使途不明金発覚が発端となり、大学と学生が対立、九月には日大本部を占拠した学生が逮捕された。

そして十月二十一日の国際反戦デーには、反日共系学生が国会、防衛庁などに侵入。新宿では新宿駅を占拠・放火し、電車の運転を不能にし、七三四人の逮捕者を出した。学生たちが荒れた一年であった。

原子艦去り角材の値が下がり　笑香
バリケード今日も象牙の塔を占め　案山子
学割と無賃で三派ドサ巡り　風柳史

三月には日通本社の乱脈経理が明るみに出て、四月には前社長の福島敏行が逮捕される。工事を落札させた子会社から吸い上げたお金で金の延べ板を作り、山分けしたことまで分かり、庶民を唖然とさせた。その後収賄容疑で社会党議員大倉清一、自民党の池田正之輔も逮捕される疑獄事件へと発展していく。

日通の子会社トンネル工事する　志津

日通に黄色い霧が渦を巻き　全児
日通は運び日大分配し　親蔵

七月七日に第八回参議院選挙が行なわれた。この選挙で話題を集めたのはタレント候補である。目だったところを挙げれば、石原慎太郎、青島幸男、今東光、大松博文、横山ノックで、いずれも上位当選を果たしている。石原慎太郎は三百万票を超す、全国区で戦後の最高得票で当選したし、今東光は運動員が選挙違反で逮捕されるおまけまでついた。

パンパカパンと参院選に出馬　ママッ子
意地悪婆さんおシャモジの邪魔をする　敏夫
太陽の季節三〇〇万突破　富江
ハンニャ湯匂い残して光堂　とん太

前年の総選挙では、多党化の兆しを見せる結果を出したが、今回のタレント候補の大量得票と当選は、その後の政党離れから、無党派層の増加へと繋がっていく。

タレント候補の当選のあおりを食ったのが社会党で、社会党の凋落も、このあたりから始まっていたのではないだろうか。その傍証として、前年の経済白書は、国民の九割が中流意識を持っていることを指摘している。そして三種の神器としてカー、クーラー、カラーテレビが一般的だが、小林信彦の『現代〈死語〉ノート』によればこの頃の三Cはセントラル・ヒーテング、クッカー（電子レンジ）、コテージ（別荘）であるという。そんな豊かさに酔い痴れていた。豊かになれば社会党の支持母体である、労働組合の存在理由も薄れてくる。世はまさに昭和元禄の様相を呈してきていたのである。

八月には札幌医大の和田寿郎教授が、日本で初の心臓移植の手術を行なっている。手術は成功したが、患者は八十三日後に死亡した。和田教授は殺人罪で起訴される。

心臓を盗まれた夢妻悲鳴　　荷舟

心臓移植は一般にはまだ理解されていなかったのだろう。進歩は先駆者の犠牲の上に、積み上げられて行くものなのだと実感した。

五月に厚生省はイタイイタイ病を公害病と認定し、九月には水俣病も認定した。少し遅すぎた感はあるが、これで患者の苦しみが幾らかでも安らぐことになれば幸いである。

イタイイタイの顔を厚相がほころばせ　　三保

人命優先の灯が水俣にまずともり　　全児

七月には郵便番号制度が実施される。

番号を忘れた手紙何処へ行く　ブン作
ゼッケンを付けて郵便コンニチハ　仮面

十二月十日午前九時半頃、日本信託銀行国分寺支店の現金輸送車が、東芝府中工場の従業員のボーナス二億九四三四万一五〇〇円を積んで輸送中、府中刑務所脇の路上で白バイ警官に停止を命じられた。白バイ警官は「支店長宅が爆破された。この車にも爆弾が仕掛けられているかもしれないという情報があるので、調べさせてもらう」と運転手らを避難させたそのスキに、現金を積んだまま車ごと逃走した。白バイ警察官は偽物だったのである。三億円事件の発生である。当時は遺留品の多いことや、午前中で目撃者の多い時間帯であることから、早期に解決するのではないかと思われていたが、昭和五十年十二月十日に犯人は捕まらないまま時効が成立した。

三億円虫も殺さず取って逃げ　仮面
三億円ああ千円で何枚か　義明
射殺魔は三億円の影になり　昭治

射殺魔とはこの年の十月十一日に、東京プリンスホテルのガードマンをライフルで射殺する。続いて十一月五日までに、京都、函館、名古屋で四人を射殺したという事件である。犯人の永山則夫は、明くる年の四十四年四月に東京で逮捕される。永山はのちに、死刑廃止論に話題を提供した。

十二月二十二日に、三億円事件の犯人のモンタージュ写真が発表された。

昭和四十四年（一九六九）

東京大学安田講堂落城。沖縄返還が決まる。大学法案強行採決。人類月に立つ。交通事故死史上最悪となる。読売巨人軍五連覇。金田正一四〇〇勝達成。アッと驚くタメゴロー。『男はつらいよ』第一作公開。

東大紛争は、医師法の一部改正に反対して、医学部の学生が無期限ストを構えたことに端を発している。それが全学共闘の安田講堂突入を招き、機動隊の導入で、紛争はさらにエスカレートしていく。それが大河内一男学長の辞任にまで到り、紛争はそのまま年を越すことになる。そして一月十五日には、安田講堂に全共闘派の学生がたてこもり、大学側は実力排除を決める。十八日には八五〇〇人の機動隊を導入。学生は最後まで抵抗を続けたが、ヘリコプターを使って、空から催涙弾を投下したり、地上から放水されるなど、一日半の攻防はたてこもった学生が排除されて終わった。七か月半に及ぶ安田講堂の封鎖もようやく解除され、三七五人の逮捕者を出し、安田講堂も大きなダメージを受けた。そしてこの年の東大の入試は中止となり、受験勉強を続けてきた受験生の期待を裏切る形になってしまった。

入試中止で裏門人が絶え　三河子
三四郎池はロマンを待っている　喜望
入試ある地獄入試のない地獄　常正

さて、この年のビッグニュースはアメリカから入ってきた。というより、月から届けられたと言うべきか。七月二十日、アメリカの宇宙船アポロ11号は、月面に着陸した。アームストロング船長とオルドリン飛行士が人類初めての足跡を月面に残したのである。

アポロから見れば外ヅラいい地球　和恵
月のアバタへ不動産屋の胸算用　聡明
月を知るほど地球の素晴らしさ　巴水

二人の宇宙飛行士は月からの土産に、月の石を持ち帰った。かぐや姫の伝説や餅を搗くウサギなど、月へのロマンを打ち砕いたが、子供たちに科学の目を開かせたのは確かである。

アポロの偉業は、子供にも大人にも果てしない夢を与えてくれた。四十年後の現代も月旅行は実現していないが、宇宙開発の夢は長期滞在にまで進歩した。

そしてその現実に目を戻せば、人間臭い事件や出来事が渦巻いている地球である。

沖縄はアメリカの統治下におかれ、戦後を引き摺っていた。アジアにおけるアメリカの軍事的拠点である。本土から沖縄へ行くにはパスポートが必要である。日本にとって沖縄は外国なのである。その沖縄が日本に返還されるのは、昭和四十七年だが、この年の十一月に佐藤首相がワシントンに行って、ニクソン大統領と会談の末返還を決めてきたのである。

沖縄本土復帰は、昭和三十九年に佐藤首相が誕生したときからの政治命題でもあった。昭和四十年八月には、現職の総理大臣としては初めて、沖縄訪問を行なっている。沖縄の本土復帰は佐藤栄作の引退への花道が用意されたと言ってもいいだろう。彼の引退は、昭和四十七年五月に正式に、沖縄が日本に帰属した直後の七月である。

沖縄返還交渉のため佐藤首相が訪米するにあたって、反対運動が活発化する。この返還には日米安全保障条約を、極東地域の安全保障にまで拡大される紐がついていたからである。結果的には核抜き本土並みが、共同宣言にうたわれることになる。

包装紙だけを沖縄かえられる　雪見橋

核抜きが核より重荷背負わされ　力郎

本土なみ本土も基地の中にあり　火星

沖縄は佐藤首相にとって大きな追い風となったが、東京の美濃部知事は、自ら向かい風を受ける決断をする。公営ギャンブルの廃止である。

予想屋は都知事を頭からけなし　長

予想屋にして見れば死活問題、職場を取り上げようとしている美濃部知事を褒めようがないではないか。

順法闘争ガマンの限界試される　宣房

春闘の季語も加えて春荒れる　しの字

国鉄の順法闘争という手段は、スト権のない組合が考え出した苦肉の策であるが、乗客を巻き添えにしたやり方が歓迎されなかったのは当然である。順法闘争というのも何となく変である。しかし、遵法ではなく順法としたのは正しかったかもしれない。

合併で政治資金もマンモス化　尚雄

合併も大型待ったも大型化　ひろし
合併で大型公害気にかかり　剣児楼

八幡製鉄と富士製鉄の合併は三月六日に双方で合併契約書を取り交わして正式に決まるのだが、五月七日には公正取引委員会から緊急停止命令が出された。その理由は、鉄道レールなど何品目かに、独占禁止法違反のおそれがあるからである。その後レール製造を日本鋼管に譲るなどして、これをどうやらクリアして、翌年の三月三十一日に合併することが決まった。合併後の社名は新日本製鉄となり、旧富士製鉄の永野重雄が会長となり、旧八幡製鉄の稲山嘉寛が社長となる。

裂けた爪四百勝の夢の跡　するが路

スポーツ界に話題を移せば、金田正一投手が、シーズン最終戦で中日ドラゴンズから四〇〇勝目をもぎ取ったことが特筆される。金田はこの年、日本シリーズで巨人軍が史上初の五連覇を達成したことを最後に引退した。

チクロ返品倉庫のネズミどうこなす　葉山
チクロより親の甘味がガンのもと　喜一郎

各党の公約もみなチクロ入り　笑楽

チクロとは人工甘味料の一つで、甘さは砂糖の約三十倍ということで、お菓子類の甘味として使用されてきた。しかし、発癌性の疑いがあるとして、厚生省は十月メーカーに製造販売を禁止した。

昭和四十五年（一九七〇）

日本万国博覧会開催。よど号ハイジャック事件。全国に公害病続発。日米安全保障条約自動継続。大阪でガス爆発。三浦雄一郎エベレストをスキーで滑降。三島事件。使い捨て百円ライター登場。進歩と調和。

この年を予見するような句が、新年の読売新聞に発表されている。

スモッグで展望出来ぬ七〇年　邦夫

見通しが出来ないのはこの年ばかりではないけれど、スモッグが本家のロンドンを上回ったのは確かのようだ。へんなものが国際化の先鞭をつけては困るので、三月十五日に吹田市千里丘で幕を開けた、『日本万国博覧会』の模様を最初に紹介しておきたい。

この万博の象徴的存在は、岡本太郎作の太陽の塔とお祭り広場である。三月十四日のオープンセレモニーには、お祭り広場で子供たちを中心にパレードがあり、九十二の参加団体はそれまでの記録を破るものである。入場者も六四二二万人と、これも記録を塗り替えたとか。テーマは『人類の進歩と調和』で収支も黒字で、進歩と調和を証明した。進歩と調和は流行語にもなった。

万博でレジャー戦線異状あり　キヨカ
万博のテーマが泣いてる宿さがし　房夫
住家なき民に華麗なパビリオン　翠明
金と暇なくて千里の距離を知る　ひろし
万博は耐えることに意義があり　憲太郎

旅館が取れないで、大阪近辺の親戚を頼りに出かけた人もいたようである。会場まではマイカーの数珠繋ぎで、入場すれば、人気パビリオンには長い行列が出来るのは当然として、トイレまで待たされることになる。

万国博無事故でニュースさみしい日　朴の葉

進歩と調和の後は疲れだけ　波里
低い鼻持ち上げ万国博白書　草太朗

終わったのは秋風の吹き始める九月十三日、万国博に行くも行かぬもご苦労さまである。万国博が賑やかに幕を開けて間もない三月三十一日には、その浮かれ気分に頭から水を浴びせられるような事件が起きた。よど号乗っ取り事件である。

羽田から福岡へ向かう日航機『よど号』は富士山付近を飛行中、赤軍派学生がピストル、日本刀などを持って同機を乗っ取り北朝鮮の平壌行きを要求した。福岡で給油したあと、平壌空港を偽装した韓国の金浦空港に降りたが、犯人たちに偽装を見破られる。やむを得ず山村新治郎運輸政務次官が、人質の乗客の身代わりになって平壌まで行き、五日に無事帰国した。赤軍派の犯人九人はその後も北朝鮮で暮らしたが、二人が死亡、二人は帰国した。

乗っ取りは万博熱をチトさまし　行夫
南北に借りを残して「よど」帰り　明
よど号に遅れた奴がよじ登り　吐夢

太陽の塔に昇ってみたり、全日空機がおもちゃのピストルで驚かされたりしたが、いずれも笑い話で済んでしまった。

笑い話では済まないことが、国民の生活を脅かし始めてきた。公害があちこちで問題になり、日本国中が公害だらけであることが明らかになってきたのである。

日本の公害は田中正造が明らかにした、足尾銅山の鉱毒事件に始まっている。足尾鉱毒事件とは、足尾銅山より流出した鉱毒によって、災害を受けた渡良瀬川下流の農民が、その保障問題などで政府に請願運動を起こし、幾度も官憲の弾圧を受けながら戦った事件である。

田中正造（一八四一〜一九一三）は栃木県佐野市に生まれ、明治二十三年（一八九〇年）に衆議院に当選。以降足尾銅山鉱毒問題に取り組む。明治三十四年十二月十日には、明治天皇に直訴するなど、足尾鉱毒問題に生涯を捧げた人である。

戦後の公害問題は、昭和三十年代に熊本県水俣湾周辺で発生した有機水銀中毒症、いわゆる水俣病である。これは、有機水銀に汚染された魚介類を食べた人の神経が冒され、身体の麻痺や言語障害、感覚機能障害まで起こり、死に至ることもある。

一口に公害と言っても、さまざまな形態がある。手元の国語辞典には「企業の活動による騒音・煤煙・廃液・廃棄物、地下水の大量採取から起こる地盤沈下、また製品中の有毒物が原因で、一般住民が及ぼす害」とある。近頃は各家庭からも原因が流出している。ゴミもそうだし、洗剤や油、あるいは携帯電話など電波による被害や音響機器や電化製品による騒音、マイカーによる排気ガスと、被害者であると同時に加害者でもあるのだ。

まだ空があったとあえぐ鯉幟　好子
引っ越せば別の公害待ちかまえ　禁核子
公害のオールスターへ決め手なし　治

富山県神通川流域に発生した、イタイイタイ病の原因は、三井金属鉱山から流れ出たカドミウムが、周辺の農地を汚染し、汚染した農作物を摂取した結果起きる病気である。

ほーたる来いあっちの水はカドミウム　康充
最低の福祉を犯すカドミウム　ひろし
カドミウム分だけ稲穂重く垂れ　全児

東京牛込柳町の交差点付近の住民に、鉛中毒患者が発生した。これはハイオクガソリンが排出する排気ガスに鉛が含まれていて、それを吸引して起こる呼吸障害である。新宿ブルースなどと言っていられなくなった。

鉛害に親子二代の疎開する　小夜

柳町鉛害ブルースとはひどい　盆太
健康のためです窓を閉めましょう　ポン吉

杉並区の高校で、女生徒四十人が吐き気や目の痛みを訴えて病院で手当を受けた。光化学スモックによる被害である。

太陽にそむいた罰で光化学　三河子
雨期が恋しい光公害　文久
向日葵も顔をそむける注意報　藤夫

次々と新しい公害の加害者が現われて、対応が間に合わないまま被害が拡大していく。オキシダントなどと舌を噛みそうな汚染物質は、焚火まで制限してしまった。

公害の舌噛みそうなニューフェース　ニヤリ
風情なくオキシダントへ焚く落葉　三紀生

工場の多くは海に面した所が多い。これは船便を利用しやすいためであるが、工場から大量に排出される排水を、容易に海に捨てられるからでもある。その結果として周辺の海底はヘドロが蓄積して魚はおろか、すべての海の生物を棲めなくしてしまったのである。見た目の風景の美しさは変わらなくても、周辺は悪臭漂よう名所になってしまった。

有明も汚染おどろくムツゴロウ　ニヤリ
松島のヘドロに芭蕉絶句する　竜司
赤人も鼻をつまんで田子の浦　アサヨ
公害を逃げれば無医村別天地　一心

公害のない所を探すのが、現代版孟母の教えではないだろうか。樋口一葉が生きていた時代に比べると、空気の汚れは百倍になっているとか。夜空を見上げても、星の数が数えられるほどで、肉眼で見える星の数は少なくなっている。そして毎年新しい汚染物質が、仲間入りしてくるばかりである。公害は私たちが手に入れた豊かさ、利便さの影の部分であるから、これを切り離すには、人間の欲望を整理することから始めなければならない。

公害法だんだん政規法に似る　泰助
身がないに骨まで抜いた公害法　勝

抜いた骨議事堂裏に山となり　　孝二

公害に関する法案や改正案が暮れの国会で成立する。利害の綱引きは強いほうが引っ張られて、強いものの理論が正論にすり変わってしまう。それが日本の政治力学である。

この年、もう一つ大きな事件が起きている。

十一月二十五日、作家の三島由紀夫が『楯の会』会員数人と、東京市ヶ谷にある陸上自衛隊東部方面総務部を訪れ、益田総監を人質にして、隊員をバルコニー前に集めて、憲法の改正やクーデターを訴えて演説をした。その直後『楯の会』のメンバーである森田必勝とともに、割腹自殺を遂げた。

三島由紀夫といえば、ノーベル賞候補にも上げられた、日本を代表する作家である。その彼が起こしたショッキングな事件は、文壇やマスコミばかりでなく、一般市民及び内外の各界に大きな反響を及ぼした。

究極の美学腹切りとみつけたり　　勝美
ボディビル切るには惜しい腹の皮　　桜ん坊
憂国の甲斐もなかったボディビル　　功

作家の自殺は芥川龍之介、有島武郎、太宰治、江藤淳などが思い浮かぶが、三島由紀夫のようにはっきりと、自分の主張を行動に移し、死に結びつけた作家はいない。死に至る作家それぞれの事情は一様ではない。三島由紀夫の死への行動についてもさまざま言われてきたが、野坂昭如の『赫奕たる逆光　私説三島由紀夫』のあとがきの一部分を紹介しておきたい。

「三島由紀夫について、その十重二十重にめぐらされた、めくらまし故か、あるいは、偉大なるが故に、凡才の、つい木をみて森を見ざる憾みは当然か、判らない部分が多々ある。そして書き終えて思うのは、三島のすべては『仮面の告白』と、『春の雪』『天人五衰』に凝縮されていること。『英霊の声』以後の三島は、分裂気質から、分裂病にふみこんでいる印象で、以後、自刃までの四年間の生は、存在苦といいたい、苛烈なものだった」。

この文章は、三島由紀夫の死から十七年後に書かれたものだけに、彼の死を冷静に分析している。後年のライフワーク『豊饒の海』の第四巻『天人五衰』を書き終えた日が行動を起こさせたことも、彼の死を劇的なものにさせている。

そのほかの事件についての作品を紹介する。まずは減反とコメ余りのいたちごっこから。

減反をしても非情の秋が来る　成一

数の子は金庫へ米は野積みされ　汀

農民よ田を作るより詩をつくれ　喜代助

ねこの目農政とか、農政はノー政などと言われながら、米余り対策には減反しか知らないような、農業政策の繰り返しであった。

天国も歩行者用は時間制　泰助
小手先の天国何処かで皺がより　水歩

六月二日の第一日曜日に銀座、新宿、池袋、浅草など四か所で歩行者天国が実施された。車を締め出して歩行者だけの街にしたのである。周辺の商店が車道にまでテーブルや椅子を出すなどして対応したせいか、当日の人出は七十万人になったとか。排気ガス汚染を忘れて一日を楽しんだ。

昭和四十六年（一九七一）

第七回統一選挙で各地に革新首長誕生。四次防原案発表。沖縄返還協定調印。第九回参議院選挙でタレント議員続々誕生。全日空機と自衛隊機空中衝突。環境庁発足。保険医総辞退。凶悪犯大久保清逮捕。ドルショック。

毎年のことながら一年を振り返ると、さまざまな事件や出来事の多かったことに驚く。そして、航空機事故に凶悪犯の出没など、暗いニュースばかりに、肩の力が抜けてくる。

昭和四十六年の開港を目指す新東京国際空港は、公団と千葉県と、これに反対する地元農民、それを支援する学生や労働者との対立は、二月の第一次代執行から九月の二次代執行まで続き、一六〇人の怪我人と二三〇人の逮捕者を出す大騒動となってしまった。

ガードマン成田で視聴率ダウン　香　雲
父子二代竹槍使う不仕合わせ　京二郎

昭和四十年に始まった宇津井健、藤巻潤、倉石功などが共演したテレビ番組『ザ・ガードマン』が、視聴率を稼いでいた。このドラマは昭和五十五年まで続いた長寿番組である。

相変わらず公害問題が話題を集めた。富山地裁は、イタイイタイ病はカドミウムが原因とする、原告側の主張を認める判決を下した。新潟地裁でも阿賀野川の有機水銀中毒は昭和電工の過失責任を認め、原告側の主張に沿った判決を下した。そして公害問題の深刻化にともない、中央公害対策本部を発展的に解消して、環境庁を発足させた。初代長官には山中貞則総務長官が任命された。

公害でヒナ人形の鼻毛のび　三木夫
公害の末路をトキに教えられ　玉蝉花
環境庁できても天の川見えず　透

選挙が二回あった。四月の統一地方選挙と六月の参議院議員選挙である。統一地方選挙では、東京で美濃部亮吉が再選されたほか、各地で革新首長が誕生した。参議院議員選挙の話題は、社会党が善戦。全国区では安西愛子、望月優子などタレント議員が数多く誕生した。

文化財めいて多選の白髪首　草太朗
良識の府とは知らずに立候補　のぼる
タレントで一座が組める参議院　のぼる

新防衛力整備計画、いわゆる四次防の原案が発表された。総額四兆円を越す予算である。しかし、ニクソン・ショックなどの影響で、翌年十月に修正されてスタートした。一方、七月十六日に自衛隊機が墜落事故を起こし、続いて七月三十日には、自衛隊の訓練機と全日空旅客機と接触墜落。全日空機の乗客一六一人が全員死亡という大惨事を引き起こしてしまった。この事故で増原防衛庁長官は辞任に追い込まれた。

四次防補償金まで気がつかず　笑平
戦力でなくても恐い訓練機　喜一郎

自衛隊に関しては憲法九条のからみもあって、いまだに防衛庁は、この年誕生した環境庁が環境省に昇格したにも関わらず、遠慮がちである。遠慮がちとは言え、予算面ではなかなかがんばっている。予算ばかりではなく、事故防止にも頑張ってほしいものである。

アメリカのニクソン大統領は、七月に中国を訪問すると発表し、アメリカと友好関係にあった日本政府は、頭越しのこの発表にショックを隠せなかった。さらに八月には、金兌換の停止を発表。その翌日の東京の為替市場にはドル売りが殺到して、株式市場も大暴落をした。ドルショックともニクソンショックとも言われる事件である。円は三六〇円の固定相場を守り切れず、変動相場に移行することになる。アメリカがくしゃみをすると、日本は風邪を引くということを証明してしまったのである。

ベトナムの浪費でドルの息が切れ　誠之助
ふらふらの腰を変動制と言い　三石
かあちゃんの肌あれ目立つドルショック　常夫

この他の、この年の事件を振り返ってみる。まずは天候不順による野菜高である。

アポロより野菜の記事を先に読み　幹男
施政演説大根の値は変らない　史郎

ディスカバーとは発見。ディスカバージャパンは、国鉄のキャッチフレーズの一つで、日本再発見というほどの意味であろうか。この言葉はこの年の流行語にもなった。

ディスカバージャパンに財布くすぐられ　草太朗

もう一つ、この年の流行語にウーマン・リブがある。ウーマン・リブとは、女性自身の手による女性解放運動である。女性の解放運動が、女性自身によって行なわれることに意義があるのである。この運動がこの時代に盛んになってきた背景には、女性の経済的自立が容易になってきたことが挙げられる。そんな時代の一方で、女性解放運動の草分けの一人である、平塚らいてうが亡くなる。そしてらいてうの運動を推進してきた市川房枝が、七月の参議院議員選挙で落選している。時代の曲り角である。時代は豊かさを選んだのである。

らいてうは死すともウーマンリブ死せず　政美

公害病訴訟で六月、富山地裁でイタイイタイ病訴訟が、九月には、新潟地裁で阿賀野川有機水銀中毒訴訟が、それぞれ原告勝訴の判決がでた。また五月には全国スモンの会が、国と製薬会社を相手どり東京地裁に損害賠償を求めて提訴した。その一方で、ＰＣＢ（ポリ塩化ビフェニール）なる新たな有害物質が話題を集め始めていた。

昭和四十七年（一九七二）

連合赤軍事件。グアム島で横井庄一さん救出。田中角栄内閣発足。札幌冬季五輪大会。高松塚壁画発見。日本列島改造論。パンダ人気。『恍惚の人』（有吉佐和子著）ベストセラー。中ピ連。

一月二十四日に愛知県出身の、元日本陸軍軍曹横井庄一が、グアム島の現地の人に発見され、二月二日に帰国した。二十八年ぶりに祖国の土を踏んだ横井さんの第一声「恥ずかしながら帰ってまいりました」は、流行語にまでなった。横井さんはその後結婚して、郷里の名古屋で出征前の仕事である洋服店を営むかたわら、ジャングルでの生活体験の知恵を活かした、生活評論家としても活躍した。

生きていた英霊が見る汚濁の世　素床
二十八年政治ぬきでも生きてゆけ　察徒
横井さん講師に欲しい自衛隊　明徳

横井さんも小野田寛郎さん（後述）も二十八年前の終戦を知らないまま、ジャングルの奥で孤独な戦いを一人で続けていたが、日本の平和ぼけにしびれをきらした人たちもいた。

七〇年安保以来、新左翼過激派は追い詰められて、群馬県の山中にアジトを作っているという情報に、群馬県警は三〇〇〇人を動員して山狩りを行ない、妙義山中で連合赤軍委員長森恒夫、副委員長永田洋子らを逮捕した。しかし、二月十九日逃走した五人が、軽井沢のあさま山荘に管理人の妻牟田泰子さんを人質に籠城する。銃撃戦の末人質を救出するが、メンバーは籠城中に意見の衝突などで仲間の粛清が行なわれていて、女性五人を含む十四人の死体が発見された。また警察官二人、民間人一人が射殺された。この様子はＮＨＫや民間放送がテレビ中継で流し、全国の茶の間をテレビの前に釘づけにした。

穴ぐらもグアムと妙義大違い　猪太郎

機動隊山岳戦もきたえられ　三茶坊

赤軍はおろかに上げる視聴率　守男

連合赤軍はその後刑期を終えた者や、外国へ亡命した人たちが祖国日本へまた関心を寄せている。しかし彼らはかつての闘志を残していなかった。

国内でもうひとつ大きな話題は、佐藤政権の行方である。吉田茂を越えて最長不倒距離を伸ばして、八年近い政権には国民も飽きを感じていた。沖縄本土返還を果たし、ニクソンショックもうまくかわして、すでに花道は通り過ぎていたのである。あとは後継者の指名であるが、ここにも長い政権下で勢力地図が微妙に変わっていた。愛弟子福田赳夫への根回しも十分ではなく、田中角栄が水面下での動きが活発化して、福田赳夫への禅譲はならなかった。

自民党の総裁選は福田赳夫、田中角栄、三木武夫、大平正芳の四人によって争われ、田中、福田の決選投票の結果、田中角栄の早くからの多数派工作が功を奏してか、大差で勝利を掌中にする。田中角栄は戦後の首相としては、五十四歳という最年少で、しかも学歴もなく「今太閤」、「庶民宰相」、「コンピューターつきブルドーザー」などと言われて親しまれ、就任時の支持率も六十パーセントと高かった。この年の六月に売り出された『日本列島改造論』もベストセラーになる人気ぶりである。

首相に就任してからの動きも軽く、その年に日中の国交回復を果たし、周恩来首相からパンダ二頭がプレゼントされた。

最長不倒佐藤笠谷で競い合い　錦
角福の激突こちとら紋次郎　木　仏
新総裁大ふろしきを染め直し　裕太郎
新総理どうも太子の顔に見え　重　男
列島改造ガケ下から願いたい　透

謙信の夢を角栄成し遂げる　柳芳
「ニイハオ」を覚えて子供等パンダ待ち　凡句羅
北京行きバスに相撲も乗りたがり　吉郎

パンダ人気は中国への関心を高め、中国ブームを引き起こす。パンダはニクソン訪中にもプレゼントされ、中国のパンダ外交とも言われた。

四年に一度のオリンピックが冬季を札幌で、夏期は西ドイツのミュンヘンで行なわれた。札幌では七十メートル級ジャンプで、笠谷幸生、金野昭次、青地清二等の日の丸飛行隊のメダル独占の他は、日本選手の活躍には見るべきものがなかった。

二千億かけてメダルを三ツ取り　小三郎

ミュンヘンでは、平泳ぎの田口信教、バタフライの青木まゆみ等の活躍で、金メダル十三個という活躍ぶりであった。しかしミュンヘンオリンピック最大の話題は、パレスチナゲリラ黒い九月によるオリンピック村襲撃事件である。スポーツの祭典が、なまなましい政治の舞台に利用されたのである。

ミュンヘンの時差で一億不眠症　家内

ミュンヘンで黒帯のたるみ教えられ　雄三郎

次の句は夏の海浜の変わりようであるが、「見るだけの海」とは、夏の海の混雑ぶりともとれるが、やはり公害の海への広がりを詠んだものであろう。この年もまた公害が話題になることが多かった。

見せる水着と見るだけの海となり　勝美

年末になって一年を振り返ると、この年も多くの有名人が鬼籍へ移った。四月には日本初のノーベル賞作家の川端康成がガス自殺をする。遺書もなく、自殺の理由についてはいまだに不明である。三島由紀夫の割腹自殺に比べれば静かな方法を選んでいるが、それにしてももと思わずにはいられない。

静と動川端三島の死の美学　三木夫
文豪の逝く日いみじく花吹雪　寿和夫
金語楼去って特許庁暇になり　勝美

戦後の落語界というより、テレビの普及と共に喜劇人としての存在が大きかった、柳家金語楼の死も惜しまれるものである。十月二十二日のことである。金語楼は発明家？としても知られている。特許庁を暇にさせるほどではないにしても……。この年黄泉に旅立った著名人を何人か挙げてみる。浪曲師の相模太郎、作家の平林たい子、サンケイ新聞の水野成夫、歌手の東海林太郎、新派の大矢市次郎、評論家の小汀利得、女優の飯田蝶子など惜しまれる人たちばかりである。

昭和四十八年（一九七三）

第一次石油ショック。金大中事件。日航機ハイジャック事件。江崎玲於奈ノーベル物理学賞受賞。滋賀銀行事件。読売巨人軍Ｖ９達成。『神田川』ヒット。せまい日本そんなに急いでどこへ行く。

前年の七月に発足した田中内閣は、その年の世論調査で六十パーセントの支持を得るほど人気が高かった。その支持率を背景に中国と国交を回復、その友好の証として中国から珍獣パンダがプレゼントされ、カンカン、ランランの愛称が付けられ、上野動物園の新しいアイドルとなった。さらにフランスからレオナルド・ダ・ヴィンチの名画モナリザがやってくるなど、外交面での活躍でポイントを稼いでいたが、国内に目を向けると問題が山積していた。そのトップが物価である。

田中の『日本列島改造論』構想は、日本各地の開発をすすめ、各地に土地成金を生んだ。この年発表された高額納税者のベスト一〇〇人の中の九十四人は土地売買によるものであった。そのあおりだろうか商社は買い占めに走り、土地ばかりでなく、あらゆるものの値段を上げていった。物価が上がる一方で、田中内閣の人気は凋落していった。スタート時には六十パーセントもあった支持率も、二十六パーセントへ下げた。パンダの垂れ目が笑っているようにも見える。

土地無策絵にかけば長者番付　洋

買い占めが語るに落ちた決算書　寿南史

朝日新聞十二月八日の「天声人語」が面白い。

「ひどい話もあるもんだ。石油不足が引き金になって、ちり紙から洗濯代、大学ノートまで二倍、三倍と値上がりした。ところが十一月の原油輸入量は、昨年同期より五・四パーセントも多かったことが、大蔵省の調査で分かった。（中略）だとすれば安い石油を大量にかかえながら「大変だ、大変だ」と先行き不安をあおり、消費者をパニック状態にして、ごっそりもうけたのはだれなのか。石油メーカーは来春決算の大きな黒字で頭を悩ましている、といったウワサも聞かされる（以下略）」。中東戦争による石油危機が巻き起こした狂乱物価は今でも語り種になっている。

インフレムードオール五ケタの春の陣　彦雄

インフレを尻目に快走ハイセイコー　痩馬

札乱舞人より馬が上位の日　満洲男

中央競馬のハイセイコーが人気になる。この年NHK杯、さつき賞を制覇する。地方競馬から中央競馬入りして、中央競馬会のエリート馬をなぎたおしたのが、人気の原因ではないだろうか。翌年の十二月の有馬記念まで十七戦連続一番人気で、有馬記念の二位を最後に引退する。引退後も『さらばハイセイコー』の歌まででる人気ぶりであった。

大魔術東京で消しソウルで出し　剣菱

欠陥列島キムチの匂う隙間風　千夢

日韓協力で臭いものへ蓋　禁核子

八月に金大中事件がある。この事件いまだによく分からない。金大中前韓国大統領候補が、八月八日に日本のホテルから連れ出され、行方不明となる。誘拐後六日目にソウルの自宅で解放される。これは韓国ＣＩＡの謀略と見られている。日本で起きた事件にも関わらず、日本の警察は関与出来ず、政治的に解決されてしまった。

中東戦禍スフィンクスも不眠症　智治

中東で両成敗の手を捜す　敏夫

十月二十二日に第四次中東戦争が始まり、産油国は石油の生産削減を決定。二十二パーセントの値上げをする。そんな中でアメリカのキッシンジャー国務長官は、ノーベル平和賞を受賞する。受賞理由はベトナム和平に貢献したというのである。

中東戦たけなわ尻目に平和賞　金三
平和賞後味物理学賞で口直し　寿泉

エザキ・ダイオードを発明した日本の江崎玲於奈がノーベル物理学賞を受賞する。

アラジンのランプがほしい石油危機　咲乱坊
地球いまアラブに傾斜して回り　政美

そして石油危機である。OPECの石油採掘削減によって石油が輸入が困難になるということから、石油関連の物が値上がりしていく。トイレット・ペーパーや洗剤がスーパーマーケットから消え、買うときには行列が出来たり、購入個数を制限したりした。今考えると不思議で仕方がないが、群衆心理は予期しない行動を起こさせるものである。

コインロッカー線香立てを備えたい　久江

この年コインロッカー・ベイビー事件が四十六件もあった（『天声人語にみる戦後50年』朝日文庫）という。数の多さにも驚かされるが、貧しい時代の捨て子のような、誰かに拾われてほしいという親の心が感じられないところに、当時の親子関係を思わせるものがある。

ツチノコへ政治には無い夢をかけ　ニヤリ

ツチノコという幻の怪蛇が出没？　した。頭と尻尾が小さく、胴体がビール瓶のようにずんぐりと太い、愛嬌のある珍蛇である。目撃者は次々と現われ、あるデパートで百万円の懸賞を出したりしたが、捕獲した話は聞かない。作家の田辺聖子もこの話題に乗っていた、たのしく夢のある話である。

第三章　高度経済安定期

——オイルショック〜平成元年バブル崩壊まで

昭和四十九年（一九七四）

小野田寛郎元少尉、ルパング島より帰国。糸山英太郎派の大規模選挙違反。佐藤栄作前首相ノーベル平和賞受賞。田中角栄退陣、三木政権誕生。藤本義一直木賞受賞。

オイルショックによるパニックが治まらないうちに、新しい年を迎える。そのまま狂乱物価に踊らされながら、その余波に右往左往させられた一年となるのである。

所得税インフレ控除してほしい　俊幸

ということになるのだが、春闘もがんばって諸物価値上がり分も確保しようと、

春闘の要求額も時価となり　みのり

春闘初のゼネストで、交通機関を混乱させたりした。
物価の高騰と所得の伸びのいたちごっこは、所得の伸びを実感させない悪循環を繰り返している。物価狂乱がどんなものであったか、石川真澄著『戦後政治史』からその部分を立ち読みしてみると「全国消費者

物価の総合指数は、六〇年代の後半から七二年まで、だいたい四〜六％程度のゆるい上昇率に安定していた。それが田中内閣の七三年には一一・七％と倍以上になり、七四年には二四・五％にもなる。特に主婦らに切実な生鮮食品などは三十％を超える値上がり率となった。」さらに日本列島改造論を推し進めていくうちに、地価の上昇は消費物価以上に高騰して、サラリーマン世帯のマイホームの夢を打ち砕いていく。そして十月一日には公共料金が一斉に値上げをする。

つまり、お米は三二％、国鉄二三・二％、医療費一六％の値上げとなり、東京都の交通機関もバス一律六十円、地下鉄一律二十円アップ（九月三十日付『読売新聞』）となり、情け容赦のない値上げ競争の泥沼と化して行く。さらに年末の国会で、来年四月からの郵便料金の値上げも決まってしまった。

ガス自殺防止のつもりか大幅値上げ　金三
狂乱へ秋一番はガス値上げ　痩馬
値上げ満塁弱者に投げる球がなし　三紀生
据置きの記録を伸ばす赤い羽根　透
物価高無策の詫びに利子アップ　緑水

定期預金の利子を〇・五％引き上げた。

ところで所得の伸びはどうだったのだろうか。春闘の勢いは物価の高騰に勝てたのだろうか。この年の春闘の妥結額は、鉄鋼二六・四%、造船二八・九%、全繊三二%、私鉄三一・四%、公労協二九・二%(岸宣仁著『経済白書物語』)と小数点の位置を間違えたかと思うほどのインフレ(?-)ぶりである。

公務員の初任給で比較してみたい。昭和四八年五五六〇〇円が、昭和四九年には七二八〇〇円と一七二〇〇円のアップ(上級試験合格者)で、伸び率も三〇%を超えている。小学校教員の初任給は昭和四八年は五〇八五六円で、四九年には六九八八八円と、一九〇三二円のアップである。伸び率も三七%強(『戦後値段史年表』朝日文庫)と労働組合の健在ぶりを見せている。所得は増えたとは言え、物価の高騰を追いかけるものとなって、豊かさは実感されない秋を迎える。さしもの高支持率を誇った今太閤の政権も下落の一途をたどる。

田中角栄は七夕参議院選に勝利して挽回を計ろうとしたが、一三六あった議席を一二九に減らし、辛うじて過半数を保つ結果となる敗北を喫した。金権政治への危機感を悟ってか、参議院選直後に三木環境庁長官が辞任、続いて福田大蔵大臣も辞任した。その責任を取るような形で保利行政管理庁長官も袂を分かつことになる。

満身創痍の田中に追い討ちをかけるかのように、月刊誌『文藝春秋』十一月号に立花隆の「田中角栄研究——その金脈と人脈」が掲載される。それには、土地転がしなどによる田中の資金作りの様子が、弁解の余地の無いほど詳細に報告されている。

田中は十一月に内閣を改造して延命を図るが、信頼を回復することが出来ず、フォード米大統領が現役の大統領として初めて来日する。その会談を花道に十一月に辞任を表明した。そしてアメリカのニクソン大統領もウォーターゲート事件の、もみ消し工作の責任を取るかたちで八月に辞任。その後をフォード副大統領が昇格する。

ポンコツのブルで種馬にもなれず　益男

ところがこのポンコツブルは、闇将軍と異名を頂くほど隠れた実力者として、この後も政治の裏側へ君臨する。

田中辞任表明に伴って次の総裁、首相選びの茶番が幕を開けるのだが、大平正芳、福田赳夫、三木武夫の三人が立候補を表明する。大平は田中派の応援を当てに公選を主張。福田、三木の陣営は話し合いを主張して、三者離党も辞さずと譲らない。そこで副総裁の椎名悦三郎が調整に乗りだし、党の金権イメージを払拭するために、三木武夫のクリーンイメージに期待することで調整した。いわゆる椎名裁定である。

ミスターがいない党内背比べ　とん太

ミスターとは、プロ野球の読売巨人軍のスタープレイヤー長嶋茂雄である。今期で現役引退を表明して、川上監督の後任監督として、引き続きユニホームを着ることが決まっていた。背番号は90番である。スター不在の自民党は、いずれもどんぐりの背比べである。十二月九日に三木内閣はスタートする。

軟投の三木を野党は打ちあぐみ　政美
国民と歩む政治で策がない　禁核子
財産の公開三木の政治ショー　勝郎

その他の出来事を順を追って紹介しておきたい。

物価高知らずルバングで一人生き　喜作
銃の光りも軍曹と少尉の差　うた子
ああ祖国ミニスカートが眼にまぶし　紫朗

フィリピンのルパング島でキャンプをしていた、鈴木紀夫によって、元陸軍少尉の小野田寛郎が発見され、三月十二日に帰国した。二八年ぶりの祖国の変化を、小野田少尉はどう自分を納得させたのだろうか。その後の彼の行動から見ると、決して満足していなかったことが推測される。

さまよえる「むつ」方舟の夢をみる　痴歯
出戻りの敷居が高い「むつ」帰港　弥太郎

核だけが知っているから核不気味　草太朗

日本の原子力船「むつ」に放射能もれが発見されて、母港の青森県陸奥湾の漁民が帰港を拒否したことから、「むつ」は五十日間太平洋上で漂流を続け、二年以内に母港撤去をすることで合意して、ようやく帰港することが出来た。

昭和五十年（一九七五）

国際婦人年。山陽新幹線開通。ベトナム戦争終結。佐藤栄作国民葬。史上最高の交通スト。岩波文庫一つ星一〇〇円に。映画『ジョーズ』大ヒット。『およげ！たいやきくん』。

国際婦人年である。婦人とは既婚女性のことだと思っていた。子供の頃婦人会というのがあって、その会は結婚すると加入していたようだったからである。婦人を辞書で引くと「成人した女。女性。最近は成人女子としては『女性』の方を多く使う。『婦』はもと、よめの意」（岩波国語辞典）とある。やはり成人した女性と理解していいだろう。こうした命名にも、時代が反映していることが面白い。

国際婦人年にふさわしく女性の活躍が目についた。五月には田部井淳子を中心にした日本女子登山隊が、女性で初めてエベレストの登頂に成功した。また七月には、第八十七回全英オープンテニス（ウィンブルドン）の女子ダブルスで、沢松和子・アン清村のペアが、日本女子として初めて優勝した。四月の芸術院恩賜賞には、小説家の中里恒子と日本画家の片岡球子が受賞した。芸能界でも、女性三人組のキャンディーズとか、女子プロレスでは、マッハ文朱など女性が人気をリードしていた。

五月には、イギリスからエリザベス2世女王が夫君のエジンバラ公を伴って来日している。同じイギリスで保守党党首に、マーガレット・サッチャーが選ばれたのは二月である。

これとは別に、企業連続爆破事件や二億円横領事件など、女性が関与した犯罪も目についた。何かと女性が話題を提供した年であった。

エベレストは八八四八メートルの世界最高峰であり、多くの登山家が最終的な目標としている、憧れの登山目標である。この山を女性だけのパーティー・日本女子登山隊（隊長・久野英子）が、五月十六日午後〇時三〇分、田部井淳子登攀隊長らを先頭についに山頂に到達した。女性としては、世界で初めてエベレスト征服に成功したのである。

エベレストの氷塊鏡に紅を引く　実
大和撫子を見に雪男出て来そう　剣菱
エベレスト征服と書く家計簿の赤字　突評子

海外に目を点ずれば、サッチャーの保守党党首に就任したことが大きな話題になった。

「女党首」出来て国際婦人年祝い　　大穴

政治のエベレスト一足先にサッチャー登頂　　征子

　ここでも女性党首がもの珍しい視線で見られていた。それも時代には違いないが、朝日新聞の二月十三日付けの『天声人語』を紹介しておく。

「サッチャー夫人が英国の保守党党首になったというニュースの報じ方について『女性への偏見に満ちている』と抗議した女性がいた。サッチャー登場の政治的分析はほんのつけ足しにして、ブロンド美人が党首になったという取り上げようがよろしくない、という言い分である。ジャーナリズムの報道のすべてがそうだろうと言えないし、それに昔の大英帝国時代とちがって、現在の英国に対する日本人の興味はその程度なのだと反論しても、言い訳がましい感じがする。抗議する女性に道理がある、と考える方が素直である。（中略）

評論家寿岳章子が、同じような話を『朝日新聞』の『論壇』に書いていた。ある府議会議員が『女課長』という言い方を連発するので、やめてほしいといったら、相手は『女やから女ゆうて何が悪い』と憤然とした。大人気ないが、ではあなたはオトコ議員ですねと言い返したそうである。

英国の大学者ジョンソン博士が、あるとき友人に『さっき街頭で女説教師を見かけたよ』といった。友人が『へえ、それで説教は上手でしたか』。博士は愚問だといわんばかりの表情で答えた。『後ろ脚だけで歩く犬だといわれ、歩き方が上手かどうか聞くべきかね。歩いたことにまず驚くべきだよ』どんな党首であるかよりも、女性が党首になったことに驚くべきだというのは、二百年前のジョンソンに似ている。」

少し長い引用になったが、サッチャーの登場が如何にショッキングなニュースであったかを、知ることが出来る話ではないか。保守王国イギリスも変わりつつあったのである。

サッチャー夫人という言い方など、深読みすれば、この文章にもかすかな差別が匂ってくる。三十五年前という割引きをして、読んで頂ければ幸いである。

恩賜賞二女史が占める婦人年　凡句羅

それまで女性の受賞者は、声楽家の柳兼子と小説家の平林たい子の二人だけだった。今回の受賞が二人とも女性だったことは、国際婦人年にふさわしい話題である。

国際婦人年爆破女も出て多彩　彦雄
税金泥棒にくらべりゃいじらしい女子行員　鉛
後半は失点続く婦人年　酒仙奴

前年の三菱重工ビル爆破を始め、一連の連続企業爆破事件の犯人グループには、女性も混じっていた。足利銀行栃木支店では、女子行員が架空の預金通帳を作り、二億円余りを詐取して逮捕された。女性の犯罪には違いないが、その裏に男性の影があって、今までの女性犯罪の図式と変わっていない。

政治の世界では、前年の十二月に三木政権は慌ただしく組閣してスタートさせた。そして新しい年を迎えたが、積み上げられた難問に早くも息切れが聞こえてきそうである。

総論の寝不足各論昼寝する　征子
院政のように糸引く椎名節　三石
一本の筋金欲しい三木クラゲ　春男

クリーン・フォードと言われたアメリカの大統領にあやかってか自ら「クリーン三木」などといったが、小派閥の出身の悲哀でなかなか思うようにことは進まず、総論という理想論を掲げるだけで「総論三木」などと言われて実を結んだ改革案は骨抜きにされたり、あるいは潰された法案もある。

長い間内戦を続けていたベトナム戦争が、ベトナム開放戦線がサイゴンを制圧して、三十年ぶりに南北が統一されることになった。

戦争のニュースともかく一つ減り　素峰

サイゴンの夕陽終戦近い色　美文
天国で祝杯あげるホ・チミン　春男

この他のニュースや話題をまとめた。

カープ熱うらめしそうな錦鯉　咲乱坊

プロ野球の広島カープが、途中からメガフォンを持った古葉監督の下で赤ヘルフィーバーが起こり、セリーグ初優勝を果たした。同じ鯉でも角栄の錦鯉は凋落するばかりである。ちなみに日本シリーズでは阪急ブレーブスが日本一になった。長嶋巨人の一年目は最下位だったが、観客動員数は球団史上の二八三万人の新記録を作った。

十字架へスト権という石つぶて　三石
水入りのないスト権は痛み分け　幸太郎
久しぶり憎しなつかし改札口　紫朗

国鉄など公労協が、スト権獲得を掲げて十一月二十六日からストライキに突入した。スト権ストと言われるもので、十二月三日まで一九二時間にも及ぶ空前の規模で行なわれた。このため一億七三〇〇万人の足が奪われ、国鉄の損害だけで三四〇億円にものぼった(『10大ニュースに見る戦後五〇年』読売新聞社)。

十二月四日の読売新聞の朝刊には、日本国有鉄道総裁藤井松太郎、自由民主党、春闘共闘委員会・公労協共闘委員会・地公労三単産共闘の三者のお詫び広告とも、意見広告ともつかぬ文面が載っている。ここで三者に共通するのは「国民の皆様のために……」である。国民葬や国民春闘同様に「国民」という言葉は、何かことを興すときに大変便利な言葉であることを知った。同じ朝刊に識者の、今回のストについてのコメントが載っている。評論家の戸塚文子は「『ストは圧力、けしからん』という人はまだいるが（中略）私流に言うと、今回のストは忠臣蔵と同じで、スト権回復と言う義を通す政治抵抗…」と位置づけて、組合活動にエールを送っている。一方建築家の黒川紀章は「やらなくてもよかったスト」と批判的である。山本夏彦は「…輸送体系の中で国鉄の地位が低下していることがわかった…」と時代の変化を読み取っている。これ以後トラック輸送に頼る傾向が強くなり、新たな問題を生み出すけれど、時代の変化を見極めるのは難しいものである。

昭和五十一年（一九七六）

五つ子誕生。ロッキード事件と田中角栄逮捕。鬼頭判事補の謀略電話事件。天皇在位五十年記念式典。酒田市大火。モントリオール五輪。毛沢東、周恩来死去。福田内閣誕生。長嶋ジャイアンツ、リーグ優勝。

ロッキード事件に掻き回された一年だが、明るいニュースから紹介したい。

一月三十一日に鹿児島市立病院で、NHK職員の山下頼充さんの妻紀子さんが、男二人、女三人の五つ子を出産した。日本初の五つ子誕生は、いやな事件や暗いニュースばかりの中へ、唯一の明るい話題として、あらゆるメディアが飛びつくようにして紹介した。

五つ児が暗い世相に灯をともす　くじら

五つ子のうぶ声高く春を呼び　春代

一〇〇〇グラムにも満たない未熟児で生まれながらも、保育器と最先端の現代医学の技術が、日本で初めての五つ子出産を可能にした。

保育器脱出五つ子黒い霧にむせ　花朗
ロッキードの爆音に五つ子の声かすみ　牧雄

このごろの母親は、一人生んだだけでも育児法におたおたしているけれども、同時に五人の家族が増えた山下家では、その五倍の人数に頭を痛めることになる。

五つ子抱っこ千手観音の手が欲しい　彦雄

その奮戦ぶりを父親である頼充さんが、五十二年に月刊誌『文藝春秋』に寄せているので紹介してみたい。

「子供たちの『食事の時間ですよ』という妻の声に叩きおこされて、パジャマのまま、テーブル付きの小さな椅子に並んで『マンマ、マンマ』と大合唱を繰り広げている子供たちのところに駆けつける。つい、長男の福太郎の前に腰をおろすことが多い。『皆、平等に可愛がってくださいよ』と、妻は柳眉を逆立てるが、『福太郎くんはおとうさんそっくり』と言われると、どうしても他の子よりも気になって仕方がない。

食事の時はまさに戦争である。ちょっとでもスプーンを運ぶタイミングがずれると泣いて矢の催促。早く食べ終わった子のテーブルを越えて隣の子のところへ遠征する。あまりの旺盛な食欲になった時の事を思って愕然とすることも多いが、それもまださし迫った切実の問題ではない。

食事のあとは五人連れ立っての散歩。小さい子三人をひとつの乳母車に乗せ、あとの二人はベビーバギーにしばりつける。保育器を出たあとも、長い病院生活と退院後の人手不足から外出もままにならなかった子供たちは、目するもの総てが新鮮で驚きでもあるのか、猛スピードで走り抜ける車を乳母車から身を乗り出すようにして見送る。

散歩から帰り、昼寝、午睡をすませると、難物の入浴である。母が服を脱がせた子を妻が受け取り、風呂場で待ち構える私のところへ運ぶ。子供にとっては、いい湯かもしれないが、浴槽からベビーバスに湯を汲み出し、体じゅうを洗ってやるうち三人目ぐらいから、腰は痛いしうんざりする。」

少し長くなったが、生まれて一年後の五つ子との奮戦ぶりが、ユーモアたっぷりに描かれていて楽しい。その後の成長もテレビで見せてくれた。

五つ子の明るい笑顔を打ち消すように、ロッキード事件は、海の向こうのアメリカから突然やってきた。二月四日のアメリカ上院外交委員会多国籍企業小委員会で、ロッキード社のエアバス・トライスターの日本への売り込み工作資金として、一〇〇〇万ドルが右翼の児玉誉士夫や輸入代理店の丸紅などに渡ったことが明るみに出た。続いて六日には、ロッキード社の副会長のコーチャンが「丸紅を通し、二〇〇万ドルを日本政府高官に渡した」と証言した。

ロッキード疑獄の始まりである。

工作資金の受け渡しには、ピーナッツ一〇〇個の領収書が発行されている。ピーナッツ一個が一〇〇万円というから、一億円の領収書ということになる。その後「黒いピーナッツ」が流行語となる。流行語と言えば、この年流行った言葉は、ロッキード関連のものが多い。「灰色高官」「記憶にございません」などである。

丸紅のピーナツ政府高官のおヤツ代　京二郎
尻が割れ錐もみになるロッキード　徳　治
性能よりワイロできまる空中戦　木　山

さらにコーチャンは国際興業社主の小佐野賢治を通して、日本政府高官にも二〇〇万ドルの工作資金を支払ったと証言した。国会は野党を中心に真相追求のために証人喚問の要請をした。これは二月半ばに行なわれた。小佐野賢治、若狭得治、大久保利春、渡辺尚次、檜山広などが証言したが、児玉誉士夫は病気を理由に欠席した。証言台に立っても、肝心なところへ追求の矛先が向けられると「記憶にございません」とか「忘れました」の連発で、真相を霧の中に置いたまま終わってしまった。

証人喚問所詮ラッキョウの皮むきか　禿帽子
尋問に知らぬに優る資料なし　洋　記
神のない国の「宣誓」気が軽い　政　博

国会でのらりくらりと猿芝居は繰り返していても、地検や警視庁、国税局の捜査は進んでいた。六月二十二日に丸紅の大久保利春が逮捕され、続いて同じく丸紅の伊藤宏、檜山広などが逮捕された。そして七月二十七日には、前首相の田中角栄が秘書の榎本俊夫とともに逮捕された。田中の逮捕は総理の犯罪として、大きな衝撃を世間に与えた。

出そうで出ないラムネの玉と高官名　ブン作
芋づるをたどればやはり目白台　散歩
高官にいよいよセミの鳴く季節　春男

田中逮捕に対して三木は「真相究明、政治の信頼回復、自民党の再生に全力をつくす」と声明した。それで元運輸政務次官の佐藤孝行、元運輸大臣橋本登美三郎が逮捕された。法務大臣の稲葉修は十一月になってから、逮捕者以外にもいわゆる灰色高官名を発表した。お金は受け取っていたが、収賄罪が時効になっていたり、権限を持ったポストにいなかったという理由で、起訴を免れたのである。その中には二階堂進、加藤六月などの政治家もいた。

拘置所に扇子の音も虚ろにて　素蜂
収賄罪までは守れませんと慈母観音　重太郎

ロッキード事件は前総理が逮捕されて、捜査は終わるけれども、それはまた長い戦いの始まりでもあった。その戦いの一つが三木おろしという相変わらずの自民党の権力争いである。

三木首相はロッキード事件の徹底的な解明をするために、アメリカ大統領に親書を送ったが、三木首相の生みの親でもある椎名副総裁が「はしゃぎすぎ」と三木を非難した。また五月の連休後には田中、大平、福田らが会談して三木おろしを画策したが、ロッキード隠しとの批判がでて、一旦は三木おろしも収まるが、田中が保釈金を積んで保釈されると再び、三木おろしの声が高くなってくる。それに対し三木は十二月に任期の来る衆議院を解散しないことで、党内の説得に成功する。衆議院は新憲法になってからはじめて、任期満了を迎えて選挙をすることになる。この選挙で自民党は大敗して、三木は退陣を表明する。

役者入れ替え猿芝居二の替わり　寿南史
もう誰も覚えていない三木ビジョン　禿帽子

三木は退陣して、十二月二十四日に福田内閣がスタートする。三木退陣に対して、朝日新聞の『天声人語』は「三木さんの最大の功績は何もしなかったことで、最大の罪は何もできなかったことであるとの評があった。ロッキード疑獄で指揮権発動などよけいなことを何もしなかった功績は、たとえばこの疑獄が田中内閣時代に発生したらどうだったかを考えるとよくわかる」と鮮やかに分析してみせた。

たいやきも売ってみるかと大企業　さや

タイヤキの歌ぶつぶつと枕木渡り　戸世

子門真人が独特の節回しで歌った『およげ！たいやきくん』が戦後最大のヒットとなる。この歌はフジテレビの幼児番組『ひらけ！ポンキッキ』の中で歌われたもので、四四二万枚という空前のヒットとなった。

スト慣れはしても不機嫌な釣鉤　美文
ストと水虫サラリーマンの足の敵　金三

年中行事に組まれた春の公労協のストは、スト慣れと諦めの中で予定通りに行なわれた。

昭和五十二年（一九七七）

青酸コーラ殺人事件。愛知医大不正入学事件。二百カイリ宣言。有珠山爆発。日航ハイジャック事件。王選手ホームラン七五六号の世界新記録で、初の国民栄誉賞を受賞。円高新記録。樋口久子全米女子プロゴルフで日本人初優勝。ピンクレディーがブレイク。

まず正月の屠蘇気分を覚めさせたのは、一月四日の未明、京都のアルバイトの高校生が、国鉄品川駅近くの公衆電話ボックスに置かれていたコーラのビンを持ち帰り、仲間と雑談中にそれを飲んだところ、突然苦しみだしてそのまま死亡した事件。この毒入りコーラは、品川駅近くの電話ボックスなど四か所に置かれていて、この他に一人の男性が亡くなっている。

この毒入りコーラ事件は、西村京太郎の『華麗なる誘拐』からヒントを得て、仕掛けられたのではないかと話題になったが、犯人が逮捕されないまま平成四年に時効が成立した。

コーラビン胆まで凍る寒の入り　とん太
爆発をしなきゃコーラに毒を入れ　凡句羅
火曜放火魔金曜強盗出てきそう　京二郎

暮れから続いていた連続放火事件は『火曜日の放火魔』として世間を恐がらせながら、年が明けても続いていた。この年も穏やかな幕開けとは言えないスタートとなった。

大学入試で不正問題が明るみに出て、真面目な受験生の夢を打ち砕いた大学があり、入試についてのあり方が問われる事件が相次いだ。

まず五月には慶応大学商学部の入試問題の一部が、ある教授を通じて外部に洩れていたことが判明する。六月には愛知医科大学で、一二六人全員から合計三十五億円の寄付金を集めて裏口入学を許していた。最高寄付額は五七〇〇万円というから驚く。それだけ払って入学したら、算術に長けてくるのも当然である。七月には長野県の松本歯科大でも、三年間に八十三人を闇入学させ、約二十四億円の寄付金を二十冊の帳簿で隠していたことが判明した。いずれの大学も裏口の方が広いのではないかと疑いたくなる。

防げぬものは山崩れと裏口入学　和太郎
叩けば叩くほど出る愛知医大と畳のホコリ　透

アメリカのロック歌手で、日本にもファンの多かったエルビス・プレスリーが、心臓発作で八月十七日急死した。プレスリーは一九五〇年代の半ば、日本で言えば昭和三十年代、この時代に青春を過ごした若者にとっては忘れられない存在である。ビートルズのメンバーであるジョン・レノンも「エルビス・プレスリーを聴くまでは僕は何事もあまり影響をうけなかった（朝日新聞「天声人語」八月十九日）」と言っていたという。亡くなる直前には、見た目にも太り過ぎな感じで、心臓発作と聞かされ、多くの人はやはりの感を強くしたのではないだろうか。

「四十過ぎたら気をつけようぜ！」あの世で唄うかプレスリー　和子

プレスリーも太りすぎには違いないが、この川柳の字余りも、脂肪過多で瀕死の重症ではないだろうか。

「チャタレー」も「コリーダ」も芸術尺度は尺貫法　凡句羅
本当の「お化け」と「行革」に会ったことがない　みのり

言いたいことはよく分かるけれども、こう長くては整理・整頓されていない部屋に案内されたような戸惑いを感じる。川柳のリズムは活字化によって、目で追うことが多くなり、口誦性が失われてきている。声を出して読むことの必要性がなくなると、川柳の行方が定まらなくなる。定型を守るというのではなく、口誦性を失わないためにも、リズムは大切にして欲しいものである。推敲が十分でないことの現われである。
八月三十一日の試合で、アメリカのハンク・アーロンの持つホームランの世界記録七五五号に並んだ巨人軍の王貞治選手は、九月三日の対ヤクルト戦の三回裏一死無走者のとき2－3のチャンスを見逃さず、ヤクルトの鈴木投手の速球を右翼席中段へライナーで弾き返した。このとき、アーロンの記録を破り、新たな記録に塗り替えたのである。この快挙を読売新聞は一面に報じ、五ページをさいて祝っている。

球場も茶の間もマスコミも王シフト　幸太郎
７５６号記念ボール景気浮揚に祀りたい　凡句羅

この日外野席で幸運のボールを手にしたのは、埼玉県川口市の二十五歳の若者だった。王選手のサインを貰ったと、これも読売新聞に紹介されている。

国民栄誉賞とるような政治家居らんかね　肇

福田内閣は王選手の快挙に便乗して、人気回復を図るべく国民栄誉賞を設け、王選手をその第一号として表彰した。こうした流れは政治家の人気取りに利用されている感がある。その後の受賞者もQちゃんなどの人気者が受賞しているが、時の内閣の支持率を上げたという話は聞いていない。
九月二十八日、パリ発東京行きの日航機が、ボンベイ空港離陸直後に、日本赤軍に乗っ取られた。同機はダッカ空港に着陸させられ、乗客、乗員を人質にして、拘置中の日本赤軍のメンバーの釈放と六〇〇万ドルを要求してきた。これに対し、日本政府は人命尊重の見地から超法規措置としてこの要求をのみ、六人の容疑者を解放し、六〇〇万ドルの身代金を渡した。人質はアルジェリアで解放され、犯人が投降して事件は解決した。ハイジャッカーに全面的に屈したことで、福田法相が引責辞任した。

ハイジャック黒字減らしに一役買い　野橋
人命を尊重し虎を野に放つ　北州
甘えの時流に構える無法の赤軍　惣七

再審による無罪判決も多かった。昭和四十九年の弘前大教授夫人殺害事件の那須隆さん。山口県の強盗殺人事件無期懲役の判決を受けた加藤新一さんなどである。

ジャンバルジャンより那須さんはつらかった　好子

タレントの永六輔が、ラジオやコンサートを通じて曲尺や鯨尺の必要性を訴え続けて、ついに十九年ぶりに、計量法の認められる範囲で復活することになった。

復権曲尺鯨尺「六輔印」で売り出され　晩秋

昭和五十三年（一九七八）

植村直己犬ぞり単独北極点到達。新国際空港開港。埼玉県稲荷山古墳鉄剣に雄略天皇他の文字判読。大平内閣誕生。古賀政男没。嫌煙権確立をめざす人びとの会設立。キャンディーズ解散。

昭和三十四年ごろ佐原（現香取市）から成田へサイクリングに行った。キロ数にすれば二十六、七キロだから、日帰りのサイクリングとしては丁度いい。しかし、道路事情は今とは違って砂利道が多く、キセルのようにところどころが舗装してある程度である。それでも街なかは舗装されていて、舗装路へ出るとほっとした。天気がよく、成田から電車で佐倉まで足を伸ばした。宗五霊堂をお参りして、また成田まで戻って今度は三里塚牧場へ廻った。

季節は初秋だったと思うのだが、牧場はただ青々としていた。この牧場が現在の新東京国際空港である。この青々とした牧場が、それから十数年後近代機器を網羅した日本の空の玄関となり、国際色豊かな賑やかさになると、その時は想像も出来なかった。

昭和四十一年七月に、新東京国際空港が成田の三里塚に閣議決定した。しかし、それに先立つ六月二十六日には『三里塚芝山連合空港反対同盟』が結成された。それから長い闘争の歴史があって、いよいよ三月三十日に開港という運びになったのだ。しかしその三日前に、六人の過激派が乱入して、成田空港の管制室の計器などを破壊してしまった（『読売新聞』昭和五十三年三月二十七日付）。そんな事件があって、三月三十日の開港は無理となり、五月二十日に延長された。

開港をのばしゲリラの緒戦勝ち　敏　夫
元の名が悪い地獄の三里塚　老残奴
陽炎も不安に揺れる滑走路　あざみ

東京から成田を繋ぐ交通網は、国鉄では総武線を千葉で乗り換えるか、我孫子から成田へ出るという国鉄と、上野から京成電鉄を頼るしかない。道路は高速道路はまだなく、一般道路も決して整備されているとは言えない状態である。その上千葉の国鉄の労働組合は元気がいいことで知られている。そんな交通事情から成田までの航空燃料輸送に不安があった。

戦中の再現成田線燃料輸送鉄道守備隊　定治
恐怖の報酬地で行く成田燃料輸送　俊幸

そして開港は機動隊の警戒が厳しく、波乱含みの開港となった。

一番機よあれが成田の団結小屋　可風
ボディチェックなら済んでいる新婚さん　一夫

この後もいろいろとあったが、ともかく一番機が無事飛んだので、次の話題に移りたい。

嫌煙バッジ見つけりゃ吸い出すヘソ曲り　利明
嫌煙権より嫌米権がこわい農林省　根来坊
スモーカー税金吸って煙たがられ　肇

日本人は酒飲みと煙草喫いには寛大である。最近でこそ嫌煙権が当然のようになって、誰かが一緒の時は断って煙草を喫うのが常識になっているが、一昔前はそんなことはお構いなく、当然のように煙草の煙が人の集まるところには棚引いていた。この年二月『嫌煙権をめざす人びとの会』が設立されて、嫌煙権が言い出された。これは日照権からヒントを得たのではなかろうか。地下鉄のポスターにも、煙草をくわえたチンパンジーとその隣に犬が居て「嫌煙の仲」と書いたのがあった(『昭和語60年世相史』朝日文庫)。

最近はホタル族とか言って、一家のあるじがベランダで煙草をふかす光景は当たり前のようになっている。これは家の機密性が高くなったことや、核家族により部屋を小さく独立させたことも、遠因になっているのだろう。いろりの煙の中での嫌煙権では説得力がない。

総裁選用私兵増強急ピッチ　寿南史
大福のほかに銘菓のない日本　竹次
四頭立どれが勝っても無配当　治雄

自民党の総裁選は十一月の党大会で決まるのだが、その前哨戦は春頃から始まり、まず大平正芳が早くから意欲を見せ、結局現職の福田、中曽根、河本の三人を加えて、四頭立てでレースは組まれた。

十一月一日に告示され、自民党の総裁選は予備選挙はスタートした。本命は現職の福田で、戦いも有利に展開していた。対抗は大平である。今回から党員・党友全員が投票する予備選挙が取り入れられた。数を増やして買収などを無くすために取り入れられた方法である。しかし大平は盟友田中派の後押しで、「あなたの一票で総理大臣が選べる」のキャッチフレーズで党員を掻き集め、自民党全体で一五〇万人の党員と十七万人の党友を確保した。彼らは属する派閥議員の意思の通りに投票した。その結果大平が一位で福田が二位となり、福田は本選挙前に「天の声にも変な声がある」と言い残して、総裁レース戦線を離脱した。大平は十二月七日に第一回目の組閣を行なったが、角影の濃い内閣となった。

キャンディーズは勇退福田は憂滞し　いさお
キャンディーズ涙で人工芝が濡れ　聡明

キャンディーズとは蘭ちゃん、スーちゃん、ミキちゃんのトリオで、ティーンエイジャーばかりではなく、どの世代にも人気のある国民的アイドルであった。レコードの売り上げも好調で、その人気の絶頂でグループの解散を決めたことで話題を撒いた。そのとき「普通のおんなの子に戻りたい」と言った台詞が流行語になるほどであった。四月四日には後楽園球場に五五〇〇〇人の観客を集めて、お別れコンサートが開かれた。その後スーちゃんこと田中好子と、蘭ちゃんこと伊藤蘭は女優として活躍している。

スマイルが花火と消える夏の空　痴坊

初恋の思い出辿る川開き　　清　志

昭和四十二年に、美濃部亮吉は美濃部スマイルと言われるソフトイメージと、憲法学者という清潔感から女性などの浮動票を集め、松下に十万票の大差をつけて東京都知事に当選した。あれから三期勤めて五十四年の統一選挙の一年前に引退を表明した。その一方で、昭和三十七年から中止になっていた両国の川開きが、隅田川花火大会として十七年振りに復活した。

両国の川開きは江戸時代から続いているものである。

両国へ二軒でとぼす狐ッ火　　柳多留三七篇

花火も流れ両国も虎が雨　　柳多留八四篇

など古い川柳にも多く詠まれている。では何時ごろから両国の川開きは始まったかといえば、今井卯木が『川柳江戸砂子』で説明している。

「両国の川開きの始めは、享保十八年五月廿八日であるとか。其以前即ち万治二年六月の町触で町中にて花火一切仕る間敷候、但大川口にては格別の事と規定されるまでは、大名の下屋敷など花火を打揚げたものだが、右の布令が出てからは、船の上で揚げる事になり、豪奢を誇った屋形船などは、各自花火船の花火を需め、其所此所で勝手に打揚げたものである。恁ういふ有様では乱雑にもなり、弊害も起きたので、一定の日を期して打揚げるやうにしたのが今日まで遺ってゐる川開きの起原である。」とある。それが、車の交通量が多くなったり、多くの人出に安全面で対応出来ないことを理由に、中止されていたのである。

蛇足ながら二軒とは玉屋・鍵屋の花火師の屋号である。虎が雨とは、陰暦五月二十八日に降る雨のこと。この日曽我兄弟が富士の裾野で父の仇を討ったが、源頼朝に討たれて兄の十郎が亡くなり、愛人の虎御前の涙雨と言われている。

稼いだよ母さん僕のあの帽子　　ぼへみ庵

前年のベストセラーに、森村誠一の証明シリーズがある。その一つの『人間の証明』では、西条八十の詩の一片をキーワードにしてよく売れ、映画化もされた。それやこれやで、この年の長者番付の作家部門の一位に躍り出たのである。

昭和五十四年（一九七九）

日商岩井・海部敏樹逮捕。第二次石油ショック。東京サミット開催。ＫＤＤ密輸事件発覚。

韓国朴正煕大統領暗殺。英国サッチャー首相誕生。神野寺トラ騒動。パンダのランラン死亡。

江川卓読売巨人軍へ入団。ウサギ小屋、省エネ、ダサイなど流行る。

前の年の十二月八日に発足をした第一次大平内閣は、発足後間もなくＯＰＥＣが原油価格を一四・五パーセントの段階的値上げの発表を聞かなければならなかった。追い討ちをかけるように、原油の大輸出国イランで革命が起き、日本への原油の供給を削減すると通告してきた。第二次石油ショックである。そして相も変わらぬ小手先の省エネ対策が披露されたが、いずれも笑い話の域を出るものではなかった。

ノータイにノーブラ運動如何かな　ボギー
石油危機どこかこっそり水温む　香人
省エネルック次は裸の王様か　満夫

大平首相は半袖ノーネクタイでテレビに登場したが、ベストドレッサーとはいかぬまま、川柳子のカモにされただけであった。さらに国会運営や東京サミット、統一地方選挙などの間を潜って、外国へ出かけるなど大変であった。

六月二十八日、第五回先進国首脳会議が東京で初めて開かれた。アメリカはカーター大統領、フランスはジスカールデスタン大統領、イギリスはサッチャー首相、西ドイツはシュミット首相、イタリアはアンドレオッティ首相、カナダはクラーク首相、そして我が大平正芳を加えて七人の豪華メンバーで行なわれ、二十九日に石油危機対策を盛り込んだ東京宣言を採択して終了した。

警官の多い国だと誤解され　保男
やきとりをかじれば人気出る身分　幸太郎
フジヤマゲイシャ今はヤキトリウサギ小屋　義輝

東京サミットは、三面記事的な話題を幾つか集めた程度で無事に終わった。次の大平内閣の課題は、前回の選挙から三年近く経っているので、与野党伯仲から安定多数を回復することである。衆議院を解散、総選挙に打って出た。このときの解散は、消費税導入で揺れていたので、俗に一般消費税解散と言われている。そんな経過があったせいか、結果は大平にとっては思いも寄らぬ大敗で、保守系無所属の当選者を入党させて、どうやら過半数の議席を確保することが出来た。そうなると当然のように反主流派を勢いづかせることになり、相も変わらぬ自民党のコップの中の騒ぎである。すったもんだの結果、大平の続投で年を越すことになる。

話し合い話し合いとて明けにけり　キヨカ
どんぐりが背比べする秋の末　淳子
牛がまた小屋に戻って劇終わる　清勝

政治がもたついてる間に、政治がらみのスキャンダルも実り多い年であった。ロッキード事件からの続報のように、これもアメリカから輸入されてきた。

アメリカ証券取引委員会が、グラマン社による海外不正支払いに関する報告をした。それによれば飛行機メーカーであるグラマン社の、日本売り込みをめぐって日本の複数の政府高官に、黒い販売手数料が支払われていたというのである。東京地検はさっそく捜査を開始したが、事件の鍵を握る日商岩井の重役が自殺して、事件の解明が困難となり、結局日商岩井の海部敏樹副社長らの逮捕に留まり、高官の逮捕にはいたらなかった。

グラマンに名前が変わる黒い霧　月光仮面

国防の美名誰かがまた儲け　史郎

呼び捨ては海部一人で幕となり　岳史

一月七日にWBA・Jフライ級チャンピオン具志堅用高が、七度目のタイトル防衛をKOで飾った。世界チャンピオンの座を七度防衛したのは日本新の記録である。

七日午後七時七度目の具志堅　ヒロシ

君が代は具志堅用高愛唱歌　清二

昭和四十八年作新学院の怪物君江川卓投手は、法政大学を出て巨人軍入りを希望したが叶わず、一年浪人後に阪神が交渉権を得た。その第一回の交渉が行なわれたことを具志堅用高の記事と同じ日の同じ面で、読売新聞は報じている。そして一日阪神に入団した後、小林投手とのトレードで、念願の巨人入りを果たした。

一億が見てる江川の第一球　　いさお

江川の初登板は六月二日の後楽園球場での阪神戦。ホームランを三本もあびるさんざんなものであった。一年を通しても九勝十敗と冴えず、新人賞もとれなかった。一方の小林投手は頑張って二十二勝を上げ、最多勝利投手となり意地を見せた。

残業の赤い目で住むウサギ小屋　　菜の花
ウサギ小屋建てるにローンの終身刑　　光水
ウサギ小屋建て中流の仲間入り　　凡太

この年の流行語の一つに「ウサギ小屋」なるものがある。これを最初に使ったのは、三月に出たＥＣ（欧州共同体)の内部資料だという。それによれば「日本人はウサギ小屋とさして変わらない住宅に住むワーカーホリック(仕事中毒)」ときめつけている。建設省はムキになって「一人当たりのタタミの数は……」と否定論。在京の西ドイツ特派員は「土地代が四分の三、家屋代が四分の一ですからね。働き中毒というけれど、日本人の会社への経済的依存度がきわめて高いのです」とクールに解釈。とまれ、日本のとくに首都圏粗末な住宅を意味する代名詞になった……」(榊原昭二著『昭和語』より)

口裂女になりそうなかあさんの長電話　幸太郎

小言ママ正体見たり口裂け女　菫

「口裂け女」なんていう水木しげるか、楳図かずおのマンガに登場する妖怪みたいな言葉が流行した。実際にいるわけないのだが、ラジオの深夜番組が発信基地のようである。

マスクをした女が「わたしきれい?」と聞かれて「きれい」と答えると、マスクを外して耳まで裂けた口元を見せてニタッと笑う。話だけ聞くと怖そうだが、幾つかのバリエーションがある。実害はなく、ちょっと笑わせるところが流行った理由だろうか。

昭和五十五年（一九八〇）

花柳幻舟家元刺傷事件。衆議院議員大平内閣不信任案可決。大平正芳首相現職のまま死去。初の衆・参ダブル選挙。鈴木善幸内閣成立。モスクワ五輪日本不参加。新宿バス放火事件。大貫さん一億円拾得。長嶋茂雄巨人軍監督辞任。王貞治現役引退。山口百恵芸能界引退。

昭和五十五年の最大の出来事と言えば、衆・参ダブル選挙の最中の大平正芳の急死であろう。それは五月の衆議院に於ける、大平内閣不信任案の可決から始まる。前年の大平正芳の首相就任は、衆議院の採決にまでもつれ込み、ようやく誕生した。主流、反主流の伯仲した力がどたばたを余計に助長したものである。首班指名後も党人事、閣僚ポストの配分で揉め続け、総選挙の日から四十日もかかったことから、四十日間抗争とも呼ばれている。

伸びきった讃岐うどんじゃ客は逃げ　茂直
世界に眼奪われ総理蹴つまずき　日出一

というわけではないだろうが、そんな因縁も手伝ってか、五月十二日に社会党から上程された内閣不信任案が、自民党反主流の福田・三木派が欠席する中で、この不信任案は二四三対一八七で可決された。大平はこれを受けて、五月十九日衆議院を解散した。反主流派も党刷新を求めての行動だったけれど、不信任案が可決されるとは思っていなかったので、この解散は「ハプニング解散」とも呼ばれている。

六月には参議院議員の普通選挙が行なわれる予定だったので、図らずも衆・参ダブル選挙となり、賑やかで鬱陶しい梅雨を過ごすことになるのである。

ところが参議院選公示の五月三十日に大平正芳が心筋梗塞で入院した。

リリーフも立てず投手はベンチ入り　今朝男

指揮棒を握ったままの壮烈死　淳子

とそのまま選挙を戦うことを余儀なくされたが、十二日とうとう還らぬ人となった。文字通り壮烈死であった。

党籍を鬼籍に移しもたらした奇跡　憲一

今回の選挙では過半数割れも危惧されていた自民党だったが、大平の死によって自民党に同情票が集まった結果である。

さて、選挙が終われば主導権争いがまた息を吹き返すのが、日本の政治体質である。大平の後継者は中曽根康弘、三木派を引き継いだ河本敏夫、宮沢喜一の三人に絞られた。従来の派閥論理から、大平派の宮沢喜一が有力視されていたが、同じ大平派の鈴木善幸にぼた餅が転がりこんだ。宮沢は生前の大平としっくりいっていなかったことから、大平直系に嫌われたものである。鈴木善幸は自民党の総務会長を十回も務め、党務には精通していたが、政治的手腕については未知数の人であると言われていた。それでも七月十七日に官房長官に宮沢喜一、外相に伊藤正義らを起用してスタートした。

ゼンコーさん椅子を各派にお中元　幸彦
付き合いにくくなったトナリの鈴木さん　雄

この年のもう一つ大きな話題は、モスクワオリンピックである。

昭和五十四年の暮にアフガニスタンでクーデターがあり、これにソ連が軍事介入した。これをアメリカが非難し、日本も同調する。そして一月末にアメリカのカーター大統領は、モスクワ五輪ボイコットを同盟諸国に提唱する。日本のＪＯＣは、五月二十四日に正式にモスクワオリンピックに不参加を決める。

これはオリンピックを目標に励んできた、多くのアスリートを失望させたばかりではなく、政治とオリンピックは関係ないものと言われながら、オリンピック精神をないがしろにするものだった。そしてオリンピックは、政治そのものであることを改めて世界に知らしめた。

アフガンに追儺の豆送りたい　八二馬
参加せぬことに意義あり異議もあり　未完子
五輪旗がはためき政治風邪を引き　零一

四月二十五日トラック運転手の大貫久男は、銀座の昭和通りの路上で、一億円の風呂敷包みを拾得して一躍時の人となる。その後この落とし主が新聞や週刊誌で推理されたが、とうとう現われず、十一月九日零時に時効が成立。一億円は無事大貫さんのものとなる。その時スニーカーを履いて現われたりして、最後まで話題を提供してくれた。

落し物銀座の地価を更に上げ　日出一
此の世に一つ銀座の札の物語り　富輔
風呂敷が一億円で見直され　立野

二月二十一日東京の国立劇場の楽屋前で、家元制度に抗議するために花柳幻舟が、日本舞踊家元花柳流の三代目をナイフで刺す事件があった。

扇子よりナイフで踊る前衛舞踊　薫

俳優の三浦友和と婚約した人気絶頂の山口百恵が、芸能界を引退して話題をまいた。そして十一月十九日、霊南坂教会で挙式した。引退してからは現在まで芸能活動はしていないが、子どもが生まれたり、その子が幼稚園に入園したりすると今でも週刊誌やワイドショーを賑わす人気ぶりである。

ポスターのいい日旅立ち横にらみ　岳史
百恵ちゃん味噌汁くらい作るやろ　岳史
聖子ちゃん涙も流さず泣いて見せ　亜麗沙

山口百恵の引退と前後して『裸足の季節』でデビューした松田聖子が芸能界のアイドルになる。その後『青い珊瑚礁』などのヒットを出し、ポスト百恵の地位を確保したが、テレビのインタビューなどで度々泣く場面があっても、涙を流すことはなかった。そして現在もママタレの一人として親子で稼いでいる。

ジーンズ脱ぐだけで絵になり金になり　怪

『週刊朝日』一月二十五日号の表紙は篠山紀信の写真で、女子大生宮崎美子のポートレートが飾った。その初々しい健康美は、その後ミノルタカメラのＣＭでジーンズを脱ぎ見事な水着姿を披露して、アイドルの仲間入りをした。
二月に新田次郎、三月に伊藤雄之助、四月に吉川幸次郎、中山伊知郎、八月に立原正秋、九月に林家三平、十月に嵐寛寿郎、十一月に越路吹雪など、そして埼玉県の代議士荒船清十郎、外国ではサルトル、ヒッチコックなどが黄泉に旅だった。

天国へ高座移してすいません　淳子
急行が焼香していく深谷駅　あざみ

昭和五十六年（一九八一）

ローマ法王パウロ二世が来日。中国残留孤児初の正式来日。北炭夕張でガス爆発事故。福井教授ノーベル化学賞受賞。ロッキード事件小佐野実刑判決。湯川秀樹死去。黒柳徹子著『窓ぎわのトットちゃん』ミリオンセラーに。ハチの一刺し、粗大ゴミ。

神戸ポートピア81開幕、福井教授にノーベル化学賞、ローマ法王が初来日、巨人軍八年ぶり日本一など、明るいニュースが例年より多いのが特徴ではないかと思う。これら明るいニュースから話を進めていきたい。

ポートピア若さ忍耐金にヒマ　勇

ポートピア見た中の上見ぬのが下　牛歩

三月二十日「神戸ポートピア81」が開幕した。九月十五日の閉幕までに一六〇〇万人が訪れ、約六十億円の黒字となって終わった。何事も経済効果を気にするお国柄であるから大成功と言っていいのではないだろうか。本当に日本人はお祭りが好きである。

なんとなく中流の上クリスタル　仙桃

前年に文芸賞を受賞し、芥川賞の候補にもなった田中康夫の『なんとなくクリスタル』がベストセラーとなり、この言葉が流行語となった。その田中康夫が長野県知事になるのも意外だが、議会で不信任案が可決されれば、自ら失職して県民に信を問う姿勢は、プロの政治家には出来ないことである。その結果見事当選を果たした。

ノーベル賞なぜ東大はとれないの　繭

ノーベル賞京都の土壌好きと見え　淳子

日本で最初にノーベル賞を受賞したのは、京大出身の湯川秀樹であり、その後の受賞者も京大出身が多い。日本一の秀才が集まる？　といわれる東大出身者から、受賞者が出ないのは不思議である。いや当たり前であると言うべきか。東大は官僚育成機関であるからだ。

ロッキード事件で小佐野賢治や児玉誉士夫らの判決があり、いずれも実刑である。この裁判で、田中角栄の秘書であった、榎本敏夫の前夫人の三恵子の証言が判決に大きく影響した。一億円はビール箱いっぱいだったとか、車中の会話もリアルに証言した。証言後の記者会見でも堂々としていて「蜂は一度刺すと自分も死ぬと言う。私はその覚悟はしている」と述べ、「ハチの一刺し」は流行語にもなった。

そのショック錦鯉までとびあがり　富夫

証人台憎い女の美しさ　余心

記者会見主演女優賞級の出来　小次郎

この証言は十月二十八日だったが、それより二日前の二十六日に喜劇役者伴淳三郎が亡くなり、その密葬が行なわれた。ここでも元夫人である清川虹子が、喪主を務めて話題になった。

別れても三恵子虹子の両型あり　満夫

証言に前夫人喪主に元夫人　みの字
人災は忘れず弱者にやってくる　げんごろう
夕張惨事ギネスブックももらい泣き　知天泰
ヤマの灯は消えても残る怒りの火　佐登流

十月十六日に北炭夕張炭坑の夕張新炭鉱で、ガス突出事故から火災が発生して、坑内の作業員と救援に向かった人を含めて、九十三人の犠牲者をだした。そして十二月十五日に、会社更正法適用の申請をして倒産した。

市川さんアノ世で後継者を探し　民男
はじめての口紅ひかれ闘士逝く　まもる

二月十一日に婦人運動家で、婦人の参政権獲得運動を積極的にすすめた、市川房枝が八十七歳で永眠した。市川は戦後、理想的選挙を掲げて参議院議員となり、在籍二十五年の実績を持っている。二月十二日の朝日新聞「天声人語」は市川房枝の死を惜しんでいる。その中で面白いエピソードを紹介している。「若いころ市川房枝さんは、湯たんぽの三徳を説いた。一、温かに眠れる。二、翌朝その湯で顔が洗える。三、その残りのお湯で洗たくが出来る。市川さんもまた、湯たんぽのように、いつまでも長持ちし、適度に温かく、そして生活実感のある人だった。」

漢字増え塾の月謝に加算され　日出一
常用漢字猿猫蛇が顔を上げ　さらさら

九月十七日に常用漢字九十五字と人名用の五十四字が発表された。これはそれまでの当用漢字に追加されたもので、使用については、一つの目安として示されたものである。動物・植物の名前や体の部分や代名詞など、当用漢字として認められていたと思われるような文字も多くあった。人名にもいま流行の「翔」とか「萌」の字も含まれている。

日劇が消えても残るガード下　幸太郎

日劇は有楽町駅近くにあって、数寄屋橋とともに有楽町の象徴的な存在であった。それは戦後の東京のエネルギー源的存在でもあった。日劇前はデートの待ち合わせ場所としても一時代を画してきた。戦後的風景を一つずつ脱いで、東京は脱皮していくようにみえる。

昭和五十七年（一九八二）

ホテル・ニュージャパン火災大惨事。日航機、逆噴射で羽田沖墜落。中国残留孤児肉親探しに来日。ＩＢＭ産業スパイ事件。東北・上越新幹線開通。三越ニセモノ事件。鈴木善幸首相突然の引退、中曽根内閣誕生。ルンルン、心身症。江利チエミ没。

二月七日、八日と二日続けて号外が発行された。どちらも悲惨なニュースである。まず二月八日未明に東京・永田町のホテル・ニュージャパンの九階客室から出火して、九、十階が炎上し、死者三十三名、重軽傷者二十九人の大惨事となった。このホテルは、スプリンクラーなど、防災設備が不備で、東京消防庁から再三改善指導、勧告を受けていたが、社長の横井秀樹は無視して営業を続けていた。その後横井社長は業務上過失致死傷容疑で逮捕され有罪が確定した。

非が火を呼んだ町阿鼻叫喚のホテル火事　吐夢
防災の道具持参でチェックイン　凡太

このホテル火災の惨事は、社長の横井秀樹社長の対応などでしばらくくすぶり続けた。
そして翌日九日には羽田沖に日本航空のＤＣ８型機が墜落した。乗客二十四人が死亡、一四九人が重軽傷を負うという大事故が発生した。墜落現場は浅瀬のため機体は沈むことがなかったため、怪我をしても助かった人が多かった。墜落前の機内では客室乗務員の適切な対応が功を奏したと言われているが、墜落の原因調査で機長がエンジンを逆噴射させるなどの、操縦ミスが指摘された。

浅くとも怨みは深し羽田沖　昇一
ぶりっこの次のはやりは心身症　鳴子
機長より上手い役人天下り　牛歩

火災事故や飛行機事故ばかりではなく、事故・事件は新聞を賑わしていた。明るいニュースと言えるかどうか、四月一日に五百円硬貨がお目見えした。直径二十六ミリほどの白銅貨で、昭和三十年に出た五十円硬貨を一周り大きくして、重さも掌に乗せるとどっしりした感じを与える。表は菊の絵柄で、裏には大きく500の字と年号が入るシンプルなデザインである。記念硬貨を除けば、これまでの硬貨では一番立派であるが、札入れの財布から小銭入れに降格されたことだけは間違いない。

ピカピカの一年生と五〇〇円　勇三郎
四月一日やがて小銭となる門出　一夫
賽銭に余り駄賃に足らぬ銭　頓鷹

事故のニュースより庶民の財布に合った話題がいい。続いてお金のお話だが、今度はニセ札である。

五千円札のおかげでまだのこり　重昭
五千円少しおつりに手間が取れ　定夫
ニセ札を作る阿呆に捨てる馬鹿　凡久良

ところでニセ札の収支を計算すれば決して割りの合うことではないようなのだが、この種の事件は遠山金四郎の時代から絶えることはない。

ついでにもう一つこんな欲に絡んだ話題を拾ってみよう。三越事件である。八月に日本橋三越本店で開催された「古代ペルシャ秘宝展」の展示出品のほとんどが、ニセモノであることに端を発して、九月の定例取締役会で岡田茂社長が解任される。その後納入業者の竹久みちとのスキャンダルが話題になり、続いて一億六千万円にのぼる脱税や二人で十八億七千万円にのぼる特別背任罪などで起訴された。

百貨店だから売りますニセ物も　光之介
女帝も今は手錠のブレスレット　淳子

バーゲンのお客にさせる尻ぬぐい　知苦里女

今度は政治の話題で笑って貰う。

何もしないから安定しているとか言われながら、無事に総理の座を守っていた鈴木善幸総理、総裁選直前の十月になって引退を表明した。後を狙うのは中曽根康弘、河本敏夫、安倍晋太郎、中川一郎の四人。中曽根康弘が田中派の応援を得て予備選で強さを見せる。二、三位の二人が本選挙出馬を辞退して、十一代自民党総裁に中曽根康弘に決まり、十一月に中曽根内閣が生まれた。

自民党はしゃいで街はシラケ鶏　あざみ
難産で生まれた顔はまるで角　徳一郎
直角に中曽根総理お辞儀をし　コマンバ

そして田中角栄の日本列島改造論の具現化である、東北・上越新幹線が大宮を始発駅にして開通する。東北新幹線は六月に、大宮から盛岡まで約三時間半で行けるようになる。上越新幹線は十一月に開通、大宮〜新潟間を二時間で結んだ。

みちのくの旅近くなり高くなり　年男

幸せは中くらいなり大宮始発　佐七
みちのくは近く素朴は遠くなり　落花王

そしてこの年も黄泉へ旅立つ人が多かった。

孤独という酒を呑み呑みチエミ逝く　凡久良
秋めくや夜毎のバーグマン映画　佐七
おめえ早いじゃないかと志ん生迎え　亮輔
謙さんと三枝子に淋し秋時雨　淳子
燦めく星座へ灰勝雁と翔んで逝き　魚門
小円遊よく来たねえと座布団出し　定

昭和五十八年（一九八三）

田中角栄有罪判決。三宅島大噴火。レーガン大統領来日。おしんブーム。戸塚ヨットスクール校長逮捕。『積木くずし』ベストセラー。西武ライオンズ二年連続日本一。

前の年の慌ただしい時期に田中派の全面支援で内閣総理大臣になった中曽根康弘は、よろよろと立ち上がりはあやうい様子をみせていたが、一月に訪韓して全斗煥と会談。さらに訪米してレーガン大統領と首脳会談を行ない「日本列島を浮沈空母とする」などとはしゃぎ、レーガン大統領とは「ロン」「ヤス」と呼び合うまでに親交を深め、その後の政治にも自信をつけてきた。

お得意の英語で鳴くか風見鶏　　乙
浮沈空母処女航海に波高し　　ひろし
投票率低さに浮沈空母浮き　　荘平

中曽根自民党総裁は統一地方選挙では、幾つかの首長の座を革新に奪われるが、六月の参議院選挙では逆に、自民党は議席数を二つ増やすことになる。この選挙では、今でもよく分からない、比例代表制が導入されたはじめての選挙である。

わが家でもチャンネル比例代表制　　佐七
済んでからやっと納得比例選　　頓鷹
敗戦にミニ脱ぎ捨てて千夏泣き　　千鶴

千夏は中山千夏のことである。菊田一夫の『がめつい奴』の子役で人気になり、その後参議院議員に立候補して当選する。昭和五十二年には「革自連」を結成して自ら代表となるが、この選挙で惜しくも落選してしまう。時代は『がめつい奴』より、辛抱強い『おしん』がもてはやされていた。

老いの目はおしんに朝を泣かされる　勝一郎
近頃は巨人おしんに自然食　三郎
修身が復活すればまずおしん　凡久良

そう言えば中曽根さんも長い間風を読みながらの、総理候補であった。その中曽根総理は秋にレーガン大統領の訪日へ照準を合わせていた。十一月六日レーガンが来日する。ロンは一日ヤスの別荘で旧交を温めながら、防衛問題、貿易摩擦について話し合う。

宿題はもう出来たかとロンが来る　猛
ロンとヤス理よりも情でいきますか　波朗
奥多摩の山荘に遊ぶタカが二羽　千羽鶴

そしてロッキード事件の田中角栄への判決がくだる。

田中元首相には懲役四年、追徴金五億円の実刑判決が言い渡された。大久保以外は即日控訴したが、田中角栄への議員辞職の要求が日増しに高くなり、国会で辞職勧告決議案が提出される。その扱いで与野党が揉め衆議院は解散する。そして師走選挙となる。

この判決をきっかけに、田中角栄の政治への影響力も少しずつ低下していく。

信号無視またも手を上げ下駄履きで　つね助

目白噴火灰におののく永田町　一夫

（十月三日、三宅島の雄山山腹から噴火）

身を捨てて下駄にタックル黒メガネ　変竹林

（野坂昭如が新潟三区から立候補）

目白ではカッタカッタと下駄の音　ローヤル

（角栄は二十二万票と大量得票でとってトップ当選を果たす）

過半数割れでダルマの目に涙　実乗

九月一日、アンカレッジからソウルに向かった大韓航空機がソ連領空サハリンで、ソ連戦闘機に撃墜される。乗客・乗員二六九人全員が死亡するという事件が起きた。当初ソ連は、撃墜の事実を認めなかったが、日米両国が傍受したソ連戦闘機の交信記録を公表したため、領空侵犯のためのミサイル攻撃を認める発表をした。

大韓機遺体が消えるソの手品　あざみ
漂着の遺品椰子の実夢破り　進行
海流が岸へ届けるレクイエム　あざみ

今も続いているフジテレビのお昼の人気番組『笑っていいとも』で、司会のタモリが「笑っていいかな」と問いかけると、会場の観客が「いいとも」と応える仕掛けになっている。これが流行語となった。

手を振れば「いいとも」という浮動票　茂夫
いいとも！につられて借りたサラ金苦　あざみ
いいともと言ってサラ金貸してくれ　魚門

無罪判決が二つ出た。徳島のラジオ商殺しの犯人とされた富士茂子さんは、無罪を訴え続けながら獄中で死亡する。肉親や支援者によってやっとこの年無罪を勝ち取り、名誉が回復される。もう一つは、死刑が確定していた免田栄さんが、再審の結果無罪を勝ち取る。
この二つの事件は戦後間もない頃の、刑事事件捜査の杜撰さを物語るものである。

岩窟王また一人増え梅雨晴れ間　ヒロ子
浦島の自由の涙追うカメラ　知苦里女
辛抱でおしんも負ける免田さん　満夫

昭和五十九年（一九八四）

三井三池・有明鉱山火災。冒険家植村直己マッキンリー単独登頂後消息を断つ。グリコ・森永脅迫事件。ロス疑惑。新札発行。中曽根首相再選。インドのガンジー首相暗殺。コアラ来日。健保一割負担。都はるみ引退宣言。エリマキトカゲブーム。

一月という月は、毎年政治的な大きな動きや変化が少ない。正月くらいのんびりしようということだろうか。そんなのんびりムードの背中から、水をあびせられるような事故のニュースが九州から飛び込んできた。福岡の三池炭坑で火災が発生して、八十三人が死亡したという大惨事である。この事故は戦後四番目の大事故となった。

二月十二日には冒険家植村直己が、北米の最高峰マッキンリーの冬期単独登頂を果たしながら、その直後消息を断って行方不明となる。懸命な捜索が続けられたが、生存はほぼ絶望となった。

植村直己は大学に入るまでは、登山には縁のない生活をしていたという。自分では世界の五大巨峰を征服しながら「高い山に登ったからすごいとか、偉いとかいう考え方にはなれない。山登りを優劣でみてはいけないと思う。要は、どんな小さなハイキング的山であっても、登る人自身が登り終えた後も深く心に残る登山がほんとうだと思う」（二月二十六日『朝日新聞』「天声人語」）。実績を積まれての言葉ゆえに説得力がある。そして国民栄誉賞が授与された。四月に亡くなった長谷川一夫と共に、死亡してからの受賞であることが残念である。

頂上に日の丸残し植村消え　日出一
冒険王天空翔けて舞い戻れ　宙美
香典と思われかねつ栄誉賞　三助

この年最大の話題はグリコ・森永脅迫事件であろう。二十五年も前の話ながら、多くの人の記憶に残っている事件である。事件の概略を説明すると、

三月十八日夜、菓子メーカー江崎グリコの社長江崎勝久は、西宮市の自宅で入浴中に三人組の男たちに誘拐された。その後、犯人グループはかいじん21面相の名前で、現金十億円と一〇〇kgの金塊を要求してきた。江崎社長は三日後に自力で脱出したけれど、犯人グループの要求はエスカレートして「けいさつのあほどもえ…」で始まる挑戦状が、警察や報道機関に届けられた。五月になっていったん「グリコゆるした

る」と終結宣言をしたにもかかわらず、森永製菓の製品に青酸入りの商品が発見されるなど、この年の秋まで続いた。このため森永製菓の株価が急落した。大胆な犯人グループの挑戦にも関わらず、警察も捜索の決め手を欠いたまま犯人は突き止められず、犯人側に正月休戦を通告されて、事件は解決の糸口を見付けられないまま、迷宮入りとなった。

ミステリー映画の主役する社長　進行
両手あげグリコの社長無事帰還　佐七
スーパーのカメラを知って厚化粧　三郎

一連のこの事件は年末になっても解決されず、あれだけ筆まめに脅迫状を送り続けたかい人21面相も、ぴたりと筆をとめてしまった。

人が死ぬという犠牲者は出なかったとは言え、世間を騒がした罪は重い。単なる愉快犯にしては手が込んでいすぎる。裏で何かすでに目的を達成していたのではないかと推理してみたくなる。例えば株価操作とか、政治的人事の動きなどだが、わが明智小五郎的推理は常識的すぎるか。今でも何のためにと、不思議に思える事件であった。

ロサンゼルスで、第23回オリンピックが開催された。四年前のモスクワオリンピックでは、日本を始めアメリカなどが、ボイコットして、変則的なオリンピックとなった。それの報復手段的に今度は、ソ連を中心に東欧諸国の不参加で開催された。それにも関わらず、参加一四〇カ国と史上最高の国と地域が参加して行なわれ、日本の山下泰裕が、柔道の無差別クラスで金メダルを取る大活躍をした。

商魂はエリマキかけて走りだし　トシ
出稼ぎは日本よい国トカゲまで　秀吉
エリマキの欲しい季節にブーム去り　策郎

これも商魂の行き着くところか。エリマキトカゲなる珍獣が、自動車のコマーシャルに登場して有名になる。砂漠をエリマキみたいなものを広げて逃げる姿が滑稽で人気になった。あの必死で駈ける姿が現実の誰かに似ているようで、可笑しかったのを覚えている。動物虐待とか、野生動物保護の問題も浮上したが、秋風とともにブームも逃げていった。

ミシン針負債の穴は縫いきれず　一夫

訪問販売で大きく販路を拡張して、戦後のミシン業界をリードしてきたリッカーミシンが倒産した。戦後という言葉が生きていても、実体は新しい時代を迎えていたのだ。

人間をやめる訳ではないはるみ　満夫

都はるみが引退宣言。だがしかし、普通のおばさんにはなれなかった。

昭和六十年（一九八五）

田中元首相が脳梗塞で倒れ竹下派創政会誕生。つくば科学博開催。男女雇用機会均等法成立。日航ジャンボ機群馬県御巣鷹山上空で墜落。ロス疑惑三浦和義逮捕。阪神タイガース優勝。電電公社・専売公社民営化。いじめ問題深刻化。松田聖子・神田正輝結婚。

元号も還暦祝う昭和の世　牛歩

昭和もとうとう六十年代に突入した。天皇も四月二十九日の誕生日で八十四歳になられた。記録によれば、この年の七月十三日には後水尾天皇（一五九六〜一六八〇）の長寿記録三〇七五六日を破り、歴代天皇の中では最長寿を記録した。

長寿国皇太子様が五十代　広史

譲られる座席昭和もいつか老い　魚門

まずは平和な幕開けと言っていいのかも知れない。一方で政治のほうでは大きな変化が現われてきた。

竹ちゃんの勉強ぶりが気に入らず　風雪
出る竹の子踏み倒せず下駄は鳴る　徳一郎
角材で竹下塾を新築し　正隆

二月七日、自民党のニューリーダーの一人である竹下登が、田中派内若手を結束して、創政会という勉強会を発足させた。これは事実上の竹下派の旗揚げである。領袖の田中角栄を激怒させたことは当然であるが、それが直接の引き金のように、その月の二十五日に田中角栄は脳梗塞で入院する事態となる。半身不随の上言語障害が残り、その後の政治活動が不可能になった。田中は首相を辞任してからも、政治に隠然たる影響力を保持していただけに、その後の政界地図を変化させ、政治が大きく迷走することになる。

金やレジャー会員権などで、詐欺まがいの商法で批判の的になっていた、豊田商事の会長である水野一男が大阪市の自宅マンションで、日本刀を持って押し入った二人の男に惨殺される事件が起こった。当日はテレビや新聞の取材陣も集まっていて、それら観衆の目の前で、しかもそのままテレビで茶の間に流れたのだから、無法が垂れ流しのように茶の間に入り込んだことになる。事件もショッキングながら、このような残虐な事件がストレートに茶の間に流れることのほうが怖いような気がする。

金言は非情二文字の豊田商事　広史
会長が刺され血のある人と知り　耕人

飛行機は猛スピードで空を飛ぶことで、万有引力に逆らって、その巨体を空中に維持することが出来るのである。引力に逆らう力が停止すれば、例えジャンボ機とて、空を飛ぶことは出来ない。それまでジャンボ機は絶対安全である、という神話があった。それはあくまでも神話であって、神話は神風同様根拠のあるものではない。

八月十二日、羽田発大阪行きの日航ジャンボ機一二三便が、夏休みの帰省客を乗せて、群馬県上野村御巣鷹山上で、ダッチロールの末墜落炎上した。乗客乗員五二〇人の犠牲者を出した。その中で少女を含めた四人の女性が奇跡的に命を取り留めた。この時の犠牲者の中に歌手の坂本九がいた。彼は「上を向いて歩こう」のヒット曲で知られていた。

安全の神話が消えて奇跡生む　昭次
九ちゃんの本名知った悲しい日　俊之
金属疲労ふと見りゃ妻は厚化粧　頼麿

このとき奇跡的に生命を取り留めた吉崎博子さんの手記が、事故の様子を伝えている。

〈前夜、遅くまで起きていたせいで、私は飛行機に乗るなり、ウトウトと眠ってしまいました。「富士山がみえるよ」

充芳がそう言って、はしゃいでいたのを夢うつつにおぼえています。

その直後ドーンと、ものすごい音がして眼がさめました。同時に白い煙がパアッと入ってきます。何が何だかわかりませんでしたが、酸素マスクが降りてきたので、緊急事態が発生したことは理解できました。（中略）やがて飛行機は激しく揺れました。ジェットコースターにでも乗っているような感じで、真っ逆さまに落ちてゆきます。窓の外の景色がどんどんかわりました。物凄くこわいのですが、スチュワーデスの方々が「大丈夫ですから、大丈夫ですから」と何度も言っていましたから、どこか故障したので機体は不時着するものだと思っておりました。

機体は何度もガクンと方向を下げてゆきます。（中略）ゆかりは気分が悪くなったらしくマスクをしながら「あげそう」と言いました。なんとかしてあげたいのですがどうしようもありませんでした。ごめんなさいねゆかり。ゆかりはそのまま気を失ったようです。

激しい衝撃がしました。私はそれっきり気を失ったようです。……

思い出をつづりすぎると辛くなります。優ちゃん、充芳、ゆかり、やすらかに眠って下さい。二度とこんな悲惨な事故が起こらぬよう、祈る思いで書きました。〉（文藝春秋にみる昭和史「地獄からの生還」）と結んでいる。事故の顚末の報告や対策ほど空しいものはない。

聖子びなおだいり様は首を換え　浩子
変わり身の早さ聖子と春の空　仙太郎
手品師のように聖子は婚約し　亮子

次なる話題は明るい話題と言えるだろうか。アイドルとして人気のあった松田聖子に、本命と見られていた郷ひろみが振られたと思ったら、神田正輝という王子様が現われて、ハッピー・エンドの幕が降ろされたのである。後日談として、郷ひろみは二谷英明のお姫様と巡り合い、二幕目を終わらせた。こちらもハッピー・エンドである。そのあとは残念ながら、双方ともありふれた結末で終わってしまった。

体罰といじめに堪える塾ができ　正隆
あの世にもいじめはあるかも知れず　設差

この年、いじめが原因の子供の自殺が九件もあり、いじめの問題が全国的に深刻化してきた。文部省でも実態調査に乗りだし、初の『いじめ白書』を発表した。

二十年寝ていて虎がスパートし　しげる
異常気象六甲おろし吹きまくり　千羽鶴

トラの威を借りてバーゲンよく売れる　　でくの坊

ダメトラなどと言われて、最下位あたりをさ迷っていたのが嘘のようである。とは言え、そうた易く安心させてくれないのが阪神タイガースのいいところ。この年のタイガースも、二十一年ぶりの奇跡を起こしてまずリーグ優勝を果たした。十月十六日の阪神が優勝を決めたときのテレビの視聴率は七十四・六パーセントにもなり、この数字はプロ野球中継史上最高だったという（『現代風俗史年表』）。その余勢でパリーグの覇者西武ライオンズを四勝三敗でくだし、日本一となった。

昭和六十一年（一九八六）

鹿川裕史君いじめによる自殺。泉重千代さん死去。フィリピン、マルコス政権崩壊。ソ連チェルノブイリ原発が爆発。昭和天皇在位六十年記念式典。衆参同日選挙で自民党大勝利。日本社会党委員長に土井たか子就任。先進国首脳会議東京で開催。伊豆大島で三原山二〇九年ぶりの大噴火。上野動物園パンダに二世誕生。ダイアナ妃来日。西武ライオンズ日本一に。

昨年に続いていじめが話題を集めた。

二月一日に、東京都中野区立富士見中学校二年生の鹿川裕史君が、遺書を遺して自殺した。この遺書にはいじめた生徒の名前も書かれている。クラスメートは、彼を死んだことにして葬式ごっこで、線香を供えるなどしていたという。葬式ごっこの色紙には、担任教師ら四人の教諭もサインしている。いじめとふざけの線引きは難しいが、当事者の身になって考えれば教師の行動は軽はずみだったことは否めない。教師と生徒の距離感もいまの教育現場では見定めが難しいのだろう。

少し学び少し遊んでよくいじめ　なもなくて

ごっこからホントの葬儀出るいじめ　武夫

いじめられ家に帰ればママパート　淑夫

鹿川君の両親は、区といじめた子供の両親へ損害賠償の民事裁判を起こし、二審で勝訴している。しかし、いじめの問題はいまでも解決しないままである。永久に解決しない問題かもしれないが、なくすための努力は続けていかなければならない。徒労の努力ということではなく、歯止めのための努力である。

ちょっと海外に眼を転ずれば、ここにも安閑としていられない大きな変革が起きていた。

フィリピンでは二月に大統領選挙が行なわれ、現職のマルコスとコラソン・アキノの一騎討ちの激しい争いになった。最初中央選管はマルコス勝利を発表したが、民間のボランティア団体ナムフレルがアキノ優勢を伝え、開票結果に疑問が投げかけられた。マルコスは非常事態宣言を発し、反乱鎮圧に軍を動かそうとしたが、民衆に阻止された。一方アキノは臨時政府を発足させ、アメリカもアキノ政権支持を表明。

日本及び各国もこれに同調した。一方マルコスとイメルダ夫人はハワイへ亡命して、マルコス独裁政権に終止符が打たれた。
主がハワイへ亡命して空き家となったマルコス宮殿にはイメルダ夫人の夢のあとが、洋服は五千着、毎日一足ずつ履いても、死ぬまでに履ききれないほどの靴が残されていたという。日本のワイドショーは連日これを取り上げ、長期政権の腐敗を宣伝していた。

父ちゃんが亡命してるパチンコ屋　光之介
宮殿は古着古靴もて余し　仮象
楊貴妃は風呂イメルダは五千着　昌美

五月四日から東京で先進国首脳会議が行なわれた。その数日前にソ連のチェルノブイリで原発事故があり、犠牲者も出ているという報道がある。そして日本の各地でも、四月二十九日の天皇在位の記念式典から始まって、東京サミットの行なわれる約十日間は、左翼のゲリラ活動が相次いで、警備陣を緊張させた。そんなわけで、東京はサミットが終わるまで、警備の検問などで味気ない都市と化した。肝心の先進国首脳会議は、日米欧の緊密化をうたう東京宣言と、チェルノブイリの原発事故を睨んでの、原発事故防止声明が併せて採択されて幕を閉じた。回を重ねた先進国首脳会議も、儀式的、形式的なものになってきた。

サミットにソ連も参加死の灰で　行　正

風向きが気になるサミット放射能　まどんな

放射能鉄のカーテンフリーパス　千羽鶴

もう一つ警備陣をやきもきさせた、海外からのお客様がある。東京サミットから日をおかずして、イギリスからチャールズ皇太子・ダイアナ妃夫妻が来日した。五月八日イギリス王室からの公式訪問は、昭和五十年のエリザベス女王・エジンバラ公夫妻の訪問以来、十一年ぶりである。東京・青山通りのオープンカーによるパレードには、ダイアナ妃の笑顔を一目見ようと九二〇〇〇人が沿道を埋めた。ダイアナ妃のファッションにも魅了され、ダイアナカットまで流行させた。

サミットに疲れダイアナ妃に憑かれ　なもなくて

背伸びしてダイアナカット街を行く　知苦里女

七月六日衆参同日選挙が行なわれ、自民党が追加公認を含めて、三〇五人を当選させて結党以来の大勝利を収めた。参議院でも改選議席を八議席上回った。勝った政党があれば負ける政党が当然ある。その不幸なくじを引かされたのが社会党である。こちらは逆に過去最低の八十六議席という惨敗ぶりである。

ポスターがあくびして待つ同日選　浦之助
初陣にまぶしい程の七ひかり　英雄
大勝にニューリーダーもちと困り　正坊

総選挙で惨敗を喫した石橋社会党は、委員長を辞任して責任を明確にした。社会党は選挙で土井たか子を委員長に選んだ。対立候補の上田哲を抑え、八十三パーセントの圧倒的支持で当選した。十代目の委員長は初の女性党首となったのである。カラオケとパチンコが趣味というこの庶民派新委員長は、「やるっきゃないと思います。肩の力を抜いて、マイペースでやります。私自身の球の投げ方をします」と就任の挨拶をした。

石橋を上田叩いて土井渡り　怪
党首にも均等法を頂戴し　英子
スカートをはいて出直す社会党　しげる

その他の話題を幾つか拾ってみた。解説なしでどれほどわかって貰えるだろうか。

早稲田には桑田の枠が一つ空き　風雪

望遠鏡ローン残してハレー去り　文三
慶応が消えて明治がトップの座　一夫

野球とかボートではない。沖縄の泉重千代さんが、ギネスブックから消えて黄泉へ旅だった。一二〇歳の大往生である。慶応生まれの最後の人だった。

止まらない円高まとまらぬ定数是正　しげる
天高く夜も走ってやせる馬　耳無草

円高がすすみ輸入物はその差益が大きく、その還元方法が話題になった。大井競馬は夜の開催となったが人間のたくらみ通り馬は走ってくれたのか。馬にとっては迷惑な話である。

昭和六十二年（一九八七）

ＮＴＴの株式が東京・大阪・名古屋の三証券取引所に上場。国鉄が民営化されＪＲとしてスタート。石原裕次郎死去。天皇陛下が腸の手術。株価大暴落（ブラックマンデー）。竹下登首相になる。利根川進がノーベル生理学賞を受賞。『サラダ記念日』がベストセラー。

昭和六十二年はバブルの頂点で踊っていた年のように思える。そしてバブルがはじける兆候が見え始めた年でもある。三月一日付の読売新聞の一面には、二月の通貨供給量が前年度の三倍に膨らみ、世の中に出回っているお金が二十三兆九〇七〇億円にも達しているという。悲しいかなこの金額がどのくらい大きいのか、貧乏人の経済能力では理解出来ない。お金が有り余っているということなんだと考える程度である。このマネーサプライの増加について読売新聞は、超低金利であるため預貯金を取り崩し、証券投資へ走っているからであると分析している。株価は市場未曾有の高騰を続け、とどまるところを知らない。一億総金儲けに突っ走っていたのだ。このお金のだぶつきを端的に物語るエピソードがある。

イギリスのオークションでゴッホの『ひまわり』が、日本の保険会社によって、五十三億円で落札され話題になった。大蔵省が「好ましくない」と異例のコメントを発表している。スイスのジュネーブでは日本人のお金持ちが、三十一カラットのダイヤモンドを四億円で落札した（『現代風俗年表』河出書房新社）という。成金趣味もここに極まれりである。

そんな金満日本の株式市場に、民営化されてNTTとなった、その株式が二月九日の東京、大阪、名古屋の証券取引所に上場された。上場した九日には値が付かず、翌日の十日にようやく一株五万円の株が一六〇万円で商いが成立した。その後NTT株は上値を追い、三〇〇万円にまで高騰した。

NTT株の公開は一般公募で行なわれ、今まで株式に関心のなかった主婦やお年寄りを、株式市場に引き寄せた。NTTの株の株式市場への功績は大きい。

私の周りでもこのNTT株で、初めて株に興味を持った人が何人かいる。中学時代の同級生の一人は、一般公募で購入し、二〇〇万円近くで売って、株式投資の面白さを知った。その味が忘れられなかったのか、三〇〇万円近くになった同じ株をまた買ったという。その後の話は聞いていないけれど、最初の儲けを全部吐き出す結果になったのではなかろうか。

NTT指をくわえて眺めやり　永子

NTT一株ほどのあたたかさ　寿子

一年のパート一株うさぎ小屋　篁

上がったのは株だけではない。土地価格も鰻登りに上昇した。土地の需要が多かったというよりも、だぶついたお金で、絶対に値下がりすることのない、土地神話に投資をしたからである。土地は必ず上がると信じられていたから、だぶついた金の落ち着き場所として、不動産や絵画に向けられたのである。

土地の値が自慢銀座の靴磨き　赤城山

地価高騰だんだん空が低くなり　斗椀

春一番銀座の土地を舞い上げる　定治

この頃は株や土地はまさしく狂乱の高値を追った。ことに大都市の上昇が顕著で、物価指数を押し上げたけれども、それ以外の物価は必ずしも土地や株に追随したわけではない。物価高騰の真犯人は土地であって、その他の物価は落ちついていた。つまり一億総金儲けに走っていただけなのである。しかし、お腹が一杯になれば、それで満足するのが人間ではない。きれいな着物をきたり旅行にも行きたい。いま以上の生活を望むようになり、努力すればそれも可能な時代でもあった。人間の欲望にはきりがない。その人間の欲望は自分の身を守るためにも自然に働く。新しい税金の導入に、国民が双手を挙げて賛成することは絶対にありえないのだ。かなり裕福な人でも、自分が汗して得たものを簡単に手放すはずがない。それが人間の欲であり、生きることの原動力でもある。

中曽根内閣は果敢にも売上税の導入法案を国会に提出した。当然のように野党も国民も反対の意思表示である。国民の意思表示は選挙を通じてまず政治家に通じる。四月に行なわれた統一地方選挙は、何処も自民党候補が落選という結果が待っていた。結局この売上税法案は廃案になる。とは言っても懐事情の苦しい政府は、他の策を講じなければならない。消費税が実施されるのは一年後だが、この売上税が露払いの役割を果したことは間違いない。

仲間にもいじめられてる売上税　光之介
古本屋売上税をたんと積み　散歩
売上税ロハ今美容整形中　銅三

明治五（一八七二）年に、東京―新橋間を線路で結んで営業を開始した国鉄も、三月三十一日で一一五年の幕を閉じる。四月一日から民営化され、新生JRとしてスタートした。JRはJR北海道、JR東日本、JR東海、JR西日本、JR四国、JR九州の六つの旅客鉄道と、JR貨物、鉄道通信、鉄道情報システムの九会社に分割された。これで三公社すべてが民営化されたことになる。しかし、旧国鉄が長い間の放漫経営の後始末である、十四兆五〇〇〇億円の負債を背負っての再出発である。

名残り雪消えるころには国鉄も　広史
民営化なって短くなるキセル　霞呆
副業がレールに乗ったJR　散歩

鉄道省時代は省線と呼び、国鉄時代には国電と呼ばれて親しまれた山手線や京浜東北線が、民営化によってE電と名付けられた。二十二年たってそう呼ぶ人はいない。なかば官制の命名は定着することはなかった。

株持てぬ暮らしでショック無く眠れ　すっ転々
ヒコーキとリンゴと株はいつか落ち　真輔

買わないでよかった金もないけれど　義秋

その嵐はニューヨークから突然やってきた。十月十九日の月曜日、ニューヨーク株式市場は前週末比五〇八ドル三二セント安と、一九二九年の大暴落を上回る下げ幅になった。ブラックマンデーと言われるこの大暴落の津波は世界に波及し、世界同時株安となっていった。日本ももろにこの津波をうけ、二十日の東京市場では三八三六円四八銭安を記録した。これがバブル崩壊の第一波で、その後土地神話が崩れ、ゴルフ会員権は紙屑となり、倒産企業が相次ぎ、すべての企業がリストラの嵐に見舞われることになる。株を持たない人もリストラに怯え、土地神話の崩壊はマイホームの資産価値を下げ、中流意識の鼻をへし折られることになる。そして長い不況のトンネルをくぐらなければならない。

株式市場より一足先に暴落していた中曽根康弘が、内閣を投げ出した。中曽根は昭和五十七年から六十二年まで五年間総理の椅子に座り、久しぶりの長期政権を保持した。売上税導入に意欲を見せ失敗したが、アメリカのレーガン大統領とはロン、ヤスと呼び合う仲で、サミットなどでも、各国首脳と渡り合っても絵になる首相であった。ここへきてさすがの風見鶏の鶏冠も衰えてきたのだろうか。辞めるのも、機を見るに敏だったのだろうか。行政改革では、国鉄、専売公社の民営化を果たし、大きな業績を残した。

第七十四代の内閣総理大臣の椅子には、竹下登が座ることになる。竹下は田中派から独立して創政会を旗揚げして、初めて派閥の領袖となった。今回の自民党の総裁の座にも意欲をみせる。自民党には安倍晋太郎、宮沢喜一に、竹下登を加えて、三人のニューリーダーと言われる人たちがいた。この三人の間で一つの椅子を争ったのである。話し合いによる合意を目指したが合意に至ることがなく、中曽根総裁に白紙委任することになった。

三人の握手二人の力なさ　一夫

中曽根は挙党体制を推し進める上から、最大派閥の竹下派のリーダー竹下登を指名した。竹下以外の二人の握手に力が入らないのは当然である。十一月六日に招集された臨時国会で内閣総理大臣に指名され、第一次竹下内閣がスタートした。竹下は中曽根内閣の高姿勢から一転して、協調と融和を唱え、発足時は五十一・五パーセントという高い支持率であった。

日本人のノーベル賞受賞はさほど珍しいことではなくなったが、医学・生理学賞でははじめてである。受賞者は利根川進・アメリカ・マサチューセッツ工科大学教授である。受賞理由は「多様な抗体が作られる遺伝的原理の解明」である。

利根川は大河と列島再確認　まどんな

句集や歌集がベストセラーになることはなかったが、俵万智の『サラダ記念日』はこの年一番売れた書籍である。この年一年間で二五〇万部売れたという。書名は『「この味がいいね」と君が言ったから七月六日はサラダ記念日』が由来だという。口語表現で分かり易いのが新鮮に感じられたこともあるのだろう。「サラダ記念日」は流行語大賞に選ばれ、サラダ現象などとも呼ばれたりした。著者の俵万智は神奈川県立橋本高校の国語教諭であったが、間もなく退職して文筆活動に入り、第二歌集、第三歌集の売れ行きも順調のようである。

おしゃべりも皆歌になるサラダ式　いさお
うまそうに本屋のおやじサラダ食い　風雪
いにしえの歌もサラダに料理され　牛歩

前年十二月九日深夜、ビートたけしが軍団の十一人を引き連れて講談社『フライデー』の編集部を襲い、部員にけがをさせた罪で逮捕された。しばらくテレビ出演を謹慎していたが、六月末ころからテレビ完全復帰となり、その後の活躍はみなさんご存じの通りである。

さんづけになってたけしがカムバック　ゆりの樹

昭和六十三年（一九八八）

暖冬異変。青函トンネル、瀬戸大橋開通。トマト銀行誕生。リクルート事件。天皇陛下重体による自粛ムード。消費税導入決定。ブッシュ米大統領誕生。ソウルオリンピック。千代の富士五十三連勝。いわゆるアグネス論争。吉本ばなな。山田邦子。

国会は幕開けから荒れた。二月六日の予算委員会で、自民党の暴れん坊浜田幸一委員長が、共産党議長の宮本顕治に対して「殺人者」と発言。これが発端となり、予算委員会は空転する。浜田幸一も譲らないので、辞めろ辞めないのあいも変わらぬ茶番が続く。結局安倍自民党幹事長が調停役となって、浜田幸一の委員長辞任で解決する。

ハマコーが居眠り議員みな起こし　正隆
止めさせる方が土下座の委員会　一夫
視聴率落ちて国会正常化　昭南

日活黄金時代、石原裕次郎、小林旭、などが活躍していた頃、彼らの引き立て役の一人に高品格という俳優がいた。ちんぴら役をやらせたら、これほどいやらしい感じは出せないだろうと思わせるほど、敵役に徹していた。後年テレビ時代になってから、好好爺役や老刑事役でいい味を出していた。この高品格の日活時代の印象が浜田幸一のイメージと重なる。浜田幸一も政界を引退して、最近テレビで顔を見かけるが、好好爺が似合っているだろうか。

石川さゆりの『津軽海峡冬景色』の流行は、昭和五十二年頃だった。この歌の歌詞に「私は一人連絡船に乗り…」とあるが、この年の三月に青函トンネルが開通して、青森〜函館間も新時代にはいる。このトンネルは二十四年の歳月と総工費七〇〇〇億円をかけて完成したものである。長さは五十三・八五キロで、世界最長のトンネルである。そして四月には、本州と四国を結ぶ瀬戸大橋の小島・坂出間が完成して、瀬戸大橋が全線開通することになる。小柳ルリ子の『瀬戸の花嫁』が歌謡大賞を受賞したのは、昭和四十七年である。

連絡船消えて演歌のタネが減り　　昭　子
渡るより払ってわかる橋の価値　　美津子
旅プラン橋にしようかトンネルか　　風　雪

六月十八日に神奈川県川崎市の小松秀照助役が、リクルート社の関連会社リクルートコスモスの未公開株式を買い受け、昭和六十一年公開とともに売却し、一億二〇〇〇万円の利益を得ていたことが判明した。これが戦後最大の汚職事件とも言われている、リクルート事件の幕開けである。

小松助役は、昭和五十九年に川崎市の企画調整局長をしていて、リクルート社が川崎駅前に進出する際に、便宜を計った疑いで逮捕される。その後六月末に、自民党の森喜朗、渡辺美智雄、加藤六月、加藤紘一、民社党の塚本三郎などのほかに、中曽根康弘前首相、宮沢喜一蔵相、藤波孝生、安倍晋太郎自民党幹事長、竹下登首相なども、秘書名義で売買利益を得ていたことが判明する。あるものは辞め、あるものは居座ったまま年を越すことになる。

株分けのできるコスモス咲き乱る　のりお
罪は秘書金は私がもらう地位　総七郎
コスモスが金のなる木になって折れ　猛
リクルート株主だけで組閣出来　ねぎ坊主
そんな秘書私も一人雇いたい　寿治

消費税導入は平成元年からであるが、決定したのはこの年の十二月二十四日。このクリスマスプレゼントは誰も喜ばなかった。税率は三パーセント。実施は明けて四月一日である。

昭和も六十三年となり、元号も長寿の祝いからスタートした。しかし、前年の九月に慢性膵炎の手術をされた天皇の体調はすぐれず、九月に予定されていた大相撲の観戦も中止となり、吐血や下血が続き、一時重体の噂も流れた。そんな中で、日本中がお祝いごとを自粛するムードが高まっていった。星野仙一率いる中日ドラゴンズがリーグ優勝を果たしたが、優勝パレードは中止になった。五木ひろしの十億円結婚式も延期されるなど、世間全般が自粛不況ムードに流れていった。

昭和史の続く参賀へ人の波　あざみ
自粛して家計は少し楽になり　頓磨
場外で天皇賞を自粛買い　あきら

前年の十一月二十九日に、蜂谷真由美と日本名を名乗る金賢姫による、大韓航空機の爆破事件が起きる。明けて一月十五日に韓国の合同捜査本部は、北朝鮮によるソウルオリンピック妨害の画策であると発表する。金賢姫もそれを認める記者会見を行ない、その席上彼女の日本語教育係の女性が、日本から拉致された人であることを明らかにした。その似顔絵まで公開されて、にわかに信憑性を帯びてきた。その後彼女は死刑の判決を受けるが、恩赦で仮釈放になる。平成二十一年になって彼女に日本語を教えた女性が、日本から拉致された田口八重子（李恩恵）さんであると語った。

また思う悪女はなぜこうも奇麗なの　酒もっと
どうみても工作員になれぬ妻　順則

アグネス論争なるものを覚えておられるだろうか。

アグネスは教科書にまで顔を出し　浩一
子連れ出勤ひとつ聞きたい子の意見　なもなくて

アグネス・チャンに昭和四十七年に『ひなげしの花』でアイドル歌手としてデビューした。中国出身の女性である。その後大学に入り直すなどして、結婚する。その彼女が信州大学の講師として招かれたのだが、アグネスの子連れ出勤に林真理子が噛みついたのが発端である。子連れ出勤などと現場を甘く見てはいけないと、というのが林真理子の主張である。しかし結婚した女性に子どもがいるのが当たり前であり、したがって子ども連れとなるのは仕方のないことであるとアグネスは主張する。理想論と現実論は噛み合うはずがないのだ。現在の視点に立てば、アグネス・チャンの考えが正しかったといえる。現在の女性は子連れ出勤を当然と考えているのではないだろうか。現在は託児所のある企業も少なくない。

トマトも顔赤らめるトマト銀行　タツオ
やったあが一番似合うトマト銀行　清治

岡山県にあった山陽相互銀行が、普通銀行に転換する際に親しみやすくということで、この奇抜なネーミングとなった。

昭和六十四年・平成元年(一九八九)

昭和天皇崩御。平成と改元。官公庁週休二日制導入。消費税実施。連合誕生。竹下首相リクルート事件で退陣。宇野宗祐首相に就任・辞任。海部内閣成立。ベルリンの壁崩壊。美空ひばり、手塚治虫逝去。マドンナ旋風。おやじギャル、ほたる族。

昭和六十四年は七日で終わりとなった。一月七日、一年も前からご体調を崩されて、国民の間からも自粛ムードで、快復が待たれていた昭和天皇が崩御された。お年は八十七歳で、在位期間は六十二年に及び、歴代最長の在位であった。皇太子の明仁親王が即位され、元号も平成と改元され、八日から実施された。新元号の出典は中国の古典『史記』と『書経』。その意味について政府は「国の内外にも天地にも平和が達成されるということ」としている(『朝日新聞』平成元年一月七日付号外)。新聞は号外を出し、テレビも一日追悼番組を組み、コマーシャルは自粛して悲しみを報じた。

六十四たった七日で一になり　いかり草
秒針は平成を指す呱々の声　かしこ
曇天の杜に千代田の主代わる　冬馬
昭和史を閉じるいろんな形容詞　文人

重い手で静かに昭和史を閉じる　　一夫

激変の幕開けとなったが、平成元年は大きな変化の年だった。前年からくすぶり続けていた、リクルート疑惑の捜査も本格的になり、政界を大きく揺さぶっていた。一月の北九州市や大分市の市議選で、自民党が大きく議席を減らし、社会党を躍進させた。国政レベルでも福岡県の参院補選では、社会党が自民候補に大差をつけて当選する。竹下政権に末期的症状が見られるようになり、自民党に逆風が吹き荒れた。

おせち飽き竹下さんも飽きられる　　夢　夫

支持率が九パーセントある不思議　　洋　子

退陣の活字でやっと春が去り　　順　則

去就が注目されていた竹下首相も四月二十五日に、予算案が成立したら辞めると退陣を声名。その予算案も荒れに荒れ、野党欠席のまま自民党の単独採決で通過した。竹下政権の一番大きな置き土産は、なんと言っても消費税の導入である。四月一日から実施された。

コップ酒三パーセント酌ぎ足され　　余詩朗

一円の眠りを覚ます消費税　　秀　嗣

消費税春の小川をかき回し　廉治

消費税実施に伴い、便乗値上げへの監視や実施の成り行きを読売新聞は四月一日と二日に報じている。三パーセントの消費税をどう上乗せするのか、興味深い報告である。

鉄道は三パーセント上乗せし、十円未満は四捨五入。タクシーも同様。手紙は葉書が四十一円になり、封書が六十二円となるが、これは間もなく五十円、八十円になったのは承知のとおりである。衣料や酒類は減税などがあり、逆に値下がりの傾向をみせた。読売新聞は二日付で、客足は概ね順調だが、一部に値上げ前の駆け込み需要があり、大型店の客足に影響があったとしている。

竹下政権のもう一つの置き土産は、ふるさと創生資金である。各自治体に一億円を支給して、町興し、村興しをするというのである。ばらまき政治以外の何物でもなく、あちこちに意味不明の建物や名物ができた。バブルの所産である。

市町村長一億円の知恵くらべ　いかり草

帰ろかな一億円の村おこし　ひかり

引退表明を引き継いで次の総裁選びになって、いつものどたばたである。これはという人はリクルート事件の灰色がかった人ばかりである。一時伊東正晴に傾いたが、リクルート事件のけじめがつけられなくて、これも流れてしまった。安倍晋太郎、宮沢喜一はリクルート株に汚染されていて、総裁候補になれるどころではなかった。そこで急に浮上してきたのが、宇野宗祐前外務大臣である。結局、宇野内閣総理大臣が誕生することになる。

　　洒屋から洒屋へ届く祝い酒　　猛

宇野総理の実家は酒造会社であった。

クリーンイメージで就任した宇野ではあったが、古い女性問題が明るみに出てつまずく。さらに追い討ちをかけるように、参議院選挙で社会党を躍進させ、自民党は大敗北を喫する。その責任をとるかたちで、内閣総理大臣の椅子を六十九日で投げ出してしまう。当時流行っていた禁煙パイポのコマーシャルに、小指を立てながら「私はこれで会社を辞めました」という科白がある。

　　私はこれで総理は辞めません　　よしき

　　白粉が混じり地酒が濁り出す　　愛猿

八月九日に自民党は総裁選を行なう。この年二度目である。このときの総裁候補は三人いた。海部俊樹元文相、林義郎元厚相、石原慎太郎元運輸相である。結局竹下派の推した海部俊樹が総裁に選ばれ、内閣総理大臣に就任する。
海部は早稲田大学弁論部の出身で、弁舌さわやか。水玉模様のネクタイを愛用して、国民の支持率も高かった。海部はしかし、竹下の傀儡であった。

宇野丸とメーカー同じ海部丸　　龍平
水玉の玉虫色が気にかかり　　花助
支持率に水玉ほどの色がつき　　三柳

ここまでおおまかな政治の流れを見てきた。短命内閣を含め、多難な年であった。
少し下世話の話になるが、松田聖子と神田正輝夫婦が、正輝の浮気が発端で離婚するとかしないとか、女性週刊誌が湧かせた。離婚派は『女性セブン』、『微笑』。否定派は『女性自身』と『週刊女性』。結局二人は離婚するのだが、女性週刊誌は当分二人のネタで稼いだのである。

お騒がせ聖子正輝にチリ紙屋　　富輔

酒税の減税で高級酒は減税でいくらか安くなったが、大衆酒だけが増税となる措置がとられた。大衆酒は消費税とのダブルパンチで、値上げせざるを得なかった。

特級は笑い二級は泣き上戸　シモンズ

六月二十四日読売新聞は、美空ひばりの死を一面で報じている。五十二歳であった。

ひばり昇天戦後がどっと降り注ぐ　三柳

口笛は悲しハーモニカは空し　茂

特番におさまり切れぬひばりの死　猛

香典のように国民栄誉賞　わたる

美空ひばりは昭和二十年代のまだ小学生の頃から、歌手として活躍した。『悲しき口笛』『港町十三番地』『角兵衛獅子の唄』などのヒット曲を出し、大人になってからも人気歌手として、常に第一線で活躍した。晩年にも『悲しい酒』『みだれ髪』『川の流れのように』などのヒット曲は、今も歌い継がれている。戦後の歴史は彼女のヒット曲とともに記憶されていくであろう。病気療養中の田中角栄も次の選挙には出馬せず、今期限りで引退することを表明した。一つの時代の終焉である。

東西の壁を溶かした温暖化　痴坊

壁崩れ戦後のほこり舞い上がる　秀吉

四島は壁がないから戻らない　瘦馬

そしてもう一つ時代の終焉があった。ベルリンの壁の崩壊である。ベルリンの壁は一九六一年に東側が四十三キロにわたって、東西ベルリンの境界線として構築した。東から西への脱出を防ぐために設けられたものである。東欧の民主化のなかで、この年の十一月の始めに市民の手によって壊された。その様子はテレビに写し出され、世界の注目の中で行なわれた。これをきっかけにして、東西ドイツは融和。明くる年に東西ドイツは統合した。これは世界の戦後の崩壊であると言ってもよいのではないだろうか。

あとがき

昭和二十年八月の焼け跡からスタートして、平成元年のベルリンの壁崩壊までの四十五年を駆け足で走り抜けた。歴史という堅い枠組みで匪わない、川柳という市民レベルの視線で戦後がどんな歩みをしてきたかなぞってみた。これを読んで貰えることが全てであって、いまさらあとがきの必要もないのだが、一冊の本を出すのにたとえこんな小冊子でも、多くの人にお世話になり、あまたの資料があればこそである。そうしたお世話になった感謝の気持ちもあらわしたいと思い、あとがきを設けることにした。多くの作品を引用させてもらった読売新聞、各種の川柳誌を始め、膨大な参考資料は大変ありがたかった。別に欄を設け、紹介することでお礼に代えさせていただきたい。

五七五という短い表現の中に思いを詰め込むには限界がある。しかし量産された膨大な作品の中にはきちんと時代を収めた作品もあるし、川柳でなければ表現できなかった時代の証言もある。むしろ川柳という短詩が武器になることも知った。

清水美江、田中真砂巳、篠﨑堅太郎という先達に恵まれ、川柳が続けられたことを幸せに思っている。長い間川柳を作り続けてきて、恩返しの一端となれば幸いである。

平成二十一年五月

佐藤　美文

●参考資料(順不同)

戦後政治史　石川真澄著　岩波新書
読売新聞(東京縮刷版)
10大ニュースに見る戦後50年　読売新聞社
川柳二〇〇年　川上三太郎著　読売新聞社
鶴彬全集　一叩人編　たいまつ社
サラダ記念日　俵万智著　河出書房新社
太平洋戦争　銃後の絵日記　青木正美編　東京堂出版
現代風俗史年表　河出書房新社
川柳句集昭和紀　田口麦彦著　北羊館
経済白書物語　岸宣仁著　文藝春秋
川柳きやり２７３号〜２９２号　復刻版　川柳きやり吟社
現代川柳ハンドブック　日本川柳ペンクラブ　雄山閣
ルポルタージュ日本国憲法　工藤宜著　朝日文庫
法律用語辞典　自由国民社
戦後史　中村政則　岩波新書
都電　六〇年　東京都交通局
証言　水俣病　栗原彬著　岩波新書
戦後史開封　昭和三十年代編　扶桑文庫
キャッチフレーズの戦後史　深川英雄著　岩波新書
現代〈死語ノート〉　小林信彦著　岩波新書
特別縮刷版昭和から平成へ　その日の朝日新聞　朝日新聞社
赫奕たる逆光　私説三島由紀夫　野坂昭如著　文藝春秋
昭和語60年世相史　榊原昭二著　朝日文庫
川柳江戸砂子　今井卯木著　春陽堂
川柳総合大事典　尾藤一泉他編　雄山閣
川柳きやり五十年史　磯部鈴波編　川柳きやり吟社
断腸亭日乗　永井荷風　岩波文庫
天声人語にみる戦後五十年　朝日新聞論説委員室編　朝日新聞社
戦後値段史年表　週刊朝日編　朝日文庫
「文藝春秋」にみる昭和史　文藝春秋
戦後50年日本人の発言　文藝春秋編　文藝春秋
新潮・10月臨時増刊　短歌 俳句 川柳101年　新潮社
各地川柳誌多数

【著者略歴】
佐藤　美文（さとう・よしふみ）

昭和12年　新潟県石打村に生まれる。
昭和48年　清水美江に師事して川柳入門。
昭和49年　埼玉川柳社同人。
昭和53年　大宮川柳会設立。
平成 5 年　佐藤美文句集（詩歌文学刊行会）。
平成 9 年　川柳雑誌「風」を創刊。主宰する。
平成16年　「川柳文学史」（新葉館出版）。
「風　十四字詩作品集」Ⅰ、Ⅱ編集・発刊。
平成20年　「風　佐藤美文句集」（新葉館出版）。

現在、柳都川柳社同人。大宮川柳会会長。（社）全日本川柳協会常任幹事。川柳人協会理事。新潟日報川柳欄選者。川柳雑誌「風」主宰。埼玉県さいたま市大宮区在住。

川柳は語る激動の戦後

○

平成21年9月5日　初版発行

著　者
佐　藤　美　文

発行人
松　岡　恭　子

発行所
新　葉　館　出　版
大阪市東成区玉津1丁目9-16 4F 〒537-0023
TEL06-4259-3777 FAX06-4259-3888
http://shinyokan.ne.jp/

印刷所
FREE PLAN

○

定価はカバーに表示してあります。

ISBN978-4-86044-379-5